Tre kvarter bortom Silom

Denna bok tillägnas Den Lilla Gräshoppan

KAJ JORDISON

Tre kvarter bortom Silom

ASIA REVEALED PUBLISHING COMPANY

©Asia Revealed Publishing Company
Omslag: Asia Revealed Publishing Company
Förlag: Asia Revealed Publishing Company,
Weston-super-Mare, United Kingdom
Tryck: Andra upplagan, Ingram/Lightning Source, 2018
ISBN 978-1-912414-04-8

LÖRDAG DEN 7 JUNI

J ag skriver för att jag har sett hur lugn Noi blir av att skriva. Det är som om inget skulle kunna rubba henne.

Hon bryr sig inte om vad de andra tycker, för när hon sluter sig inom sitt hårda skal med anteckningsboken vilande över knäna träder hela världen i bakgrunden, och ändå så är hon mer närvarande än någonsin tidigare. Ansiktet slätas liksom ut och låter dagens händelser rinna av henne som smutsen efter att ha tvålat in huden och under ett par minuter, medan hon väljer att blicka inåt istället för utåt, går hon från att vara en vakande hök till en oskyldig flicka.

Eller kanske inte.

Något händer i alla fall med henne när hon överger denna högljudda plats genom att slå upp pärmarna över sina korsade ben i hörnet av stereoanläggningen. Och det vet jag eftersom jag aldrig lämnar henne med blicken. Sanningen är att jag söker mig mot henne så fort hon stiger in i lokalen och ställer sig vid baren. Följer minsta lilla rörelse, som när hon häller upp en drink eller låter sitt ena finger lägga sig mot en vit arm.

Jag har även sett att hon ibland tittar på detta finger som

om något fastnat på det. Dessutom har jag märkt att hon torkar av det mot jeansen när ingen ser, likt det skulle vara smutsigt eller kanske befläckat. En form av lort som inte bara gör hennes blick hård utan även hennes blod mindre rött. Något man kan spilla med lätthet, och åse utan att rygga tillbaka.

Men hon är annorlunda när hon skriver. Koncentrationen som fyller hennes ansikte, utan att vare sig rynka ögonbrynen eller lägga pannan i djupa veck, gör det skulpturlikt och fulländat. När hon placerar pennan mot pappret släpper Bangkok, Sala Daeng och Patpong helt enkelt taget om henne och låter den riktiga Noi titta fram. Kvinnan bakom allt det falska smickret. Det gör mig avundsjuk. Detta att kunna vara två personer samtidigt och låta dem leva sida vid sida utan att någonsin vidröra eller ens känna till varandra.

Smutsen hon ser på sitt finger efter att ha smekt en av alla dessa otaliga vita armar är å andra sidan inte samma sorts smuts som täcker mitt förkläde. Denna bar utgör inget verkligt vägskäl i mitt liv eftersom vad jag gör här inte skiljer sig nämnvärt mot vad jag gjorde tidigare: diskar, städar, lagar mat, plockar upp efter andra.

Det enda vägskälet av betydelse var det som satte mig på bussen mot Bangkok. Jag minns fortfarande känslan: en oändligt utdragen minut som plötsligt saktade ned allt till stillastående och gjorde det mer synligt än någonsin tidigare — dammet, upprepningen, den gröna, böljande mattan som slukade horisonten, hettan, allt det trasiga och spetsiga som rispade upp skinnet. Likt en tidigare osynlig mur som plötsligt blev fast, bred och inte minst kilometerhög.

Jag undrar om Noi stötte på denna mur.

Jag undrar många saker om Noi.

Hon är inte som oss andra och därför gillar jag att titta på henne. Noi är dessutom vacker på ett sätt som egentligen inte passar ordet *vacker*. För Noi är vacker av den enkla anledningen att hennes rygg är rak oavsett vad hon gör eller ställer upp på. Nois rygg är till och med rak de få gånger hon fortfarande ligger på knä framför en kund. Något inom henne vägrar att erkänna sig besegrat, vilket blir som tydligast när hon försvinner bland orden hon fyller sidorna med från sitt hörn bredvid stereoanläggningen.

Jag vill däremot inte försvinna. Mina linjer är tillräckligt suddiga som de är. Jag behöver istället fylla i dem, med spritpenna, och trycka filtspetsen så hårt mot pappret att färgen tränger igenom till den andra sidan.

Eller kanske inte.

Att inte synas är trots allt en gåva.

BAAN NONG JAAN

Moo Daeng tittar mot västerlänningarna som sitter på trappan utanför ingången till templet.

De pekar på något.

En av de äldre kvinnorna har lagt handen över en ung mans axlar som för att hålla honom tillbaka. Den unga mannen skrattar retfullt och försöker slita sig loss, men bara på låtsas. Han lägger ingen kraft bakom ansträngningen, utan verkar enbart vilja locka kvinnan till att greppa hårdare, och skydda honom med mer känsla.

Likt ett skojbråk mellan två smygförälskade tonåringar.

Moo Daeng ropar på sina systrar, Noy och Oy, som står lite längre ned på andra sidan vägen och ritar i gruset. De båda har på sig sina nya klänningar, en blå till Noy och en röd till Oy, i övrigt är de identiska. Inte ens Moo Daeng kan se skillnad på dem på avstånd; de flyter in i varandra, och sin omgivning, oförmögna att göra ordentliga avtryck. Magra ansikten och tunna kroppar med spröda lemmar, som blivit skrattretande oproportionerliga av åldern. Benen har vuxit mer än armarna och så snart de rör sig i snabbare takt än gånghastighet ser det ut som om underdelen försöker springa ifrån överdelen.

Ett slags hafsiga figurer dragna i blyerts. Skissartade.

När flickorna kommer över till Moo Daengs sida av vägen pekar han mot gruppen på trappan och säger:

– Vad håller dom på med egentligen?

Som vanligt svarar varken Noy eller Oy på en gång. Istället inväntar de varandra under en cirka två sekunder lång paus, för att sedan börja prata i ett och samma andetag. Moo Daeng rycker till av fördröjningen. Det är fegheten han stör sig på, systrarnas ovilja att bära ord själva. Han skulle vilja korrigera det på något sätt, sära på dem genom att trycka in en sorts kil, men vet inte hur, eller ens vad denna kil borde bestå av. Varken örfilar eller hårda ord räcker, och tystnad har visat sig vara lika effektlöst. För när han ignorerar dem växer sig deras band enbart starkare, och gör dem än mer sammanflätade runt de gemensamma nämnarna. Likheten de ser i varandra, och som de efterapar.

Med hopslingrade stämmor svarar de:

– Ingen aning, bror.

Moo Daeng känner den dubbla rösten som ett slag över ansiktet. De testar honom, han förstår det. Rör sig runt gränsdragningen med plirande ögon; kanske till och med med elaka ögon. Om han ändå inte skulle slå till någon av dem på riktigt, för att faktiskt skada. Kanske med en spark i magen eller en armbåge över ögat?

Moo Daeng biter ihop käkarna hårt och känner hur tänderna trycks mot skelettet, skakar sedan kraftigt på huvudet för att avlägsna den våldsamma bilden och börjar avancera mot klungan med utlänningar. Han rör sig långsamt längs med den yttre muren och förbi det utsmyckade offeraltaret, noggrann med att inte dra till sig någon uppmärksamhet, bara en av alla de lokala pojkarna som stryker omkring i närheten.

Någon som är en Ingen.

Han ser nu att de pekar mot ett litet djur i gräset, och noterar en svag rörelse bland de gulbrända stråna. En svart kropp, stilla och avvaktande, med den giftiga svansen höjd i en halvbåge ovanför det breda och pansarlika skallpartiet.

Moo Daeng släntrar fram ett par meter till, mot den bortre delen av trappan, och betraktar den unga västerlänningen som försöker skaka av sig den äldre kvinnans hand för att ta sig en närmare titt på skorpionen. Omkring dem står det fyra västerlänningar till, en iklädd den saffransfärgade dräkten och med renrakat huvud. Inte ett hårstrå finns kvar. Han har även traditionsenligt avlägsnat ögonbrynen, vilket skapat ett utmärglat skelettliknande utseende, där en röd kalott av allvarligt solskadad hud täcker mitten av den beniga skallen. Myllret av de vattenfyllda småblåsorna mellan den rosaröda nacken och toppen av pannan får svålen att se deformerad ut, som om han ådragit sig en allvarlig hudsjukdom; skabb från hundarna eller svamp från sönderrivna spindelbett.

Han skrattar inte som de andra utan tittar generat omkring sig – bak mot de öppna fönstren på byggnaden som inhyser de utländska gästerna, ned mot entrén, upp mot den kupolformade vita stupan och bort mot den rödmålade lilla hyddan där munken Phra Santichai bor.

Moo Daeng ställer sig snett bakom gruppen, bland soptunnorna, men den äldre kvinnan har redan lagt märke till honom och släpper taget om sin kamrat för att vinka Moo Daeng till sig, vilket får den unga mannen att tappa balansen. Han trillar mot skorpionen, tar emot sig med händerna och stirrar under ett par skräckslagna sekunder in i vad han kanske tror är djurets ögon. Sedan slänger han sig baklänges i gräset och börjar skratta ännu högre, gapar med hela munnen och flänger med händerna framför ansiktet som ett hänfört litet barn. Den västerländska munken med blåsorna vänder sig med ens om och promenerar in i tempelsalen, bort mot den tremeterhöga buddhastatyn i mitten av de utsmyckade raderna av avlidna helgon.

Moo Daeng märker att gruppens fokus har flyttats från skorpionen till honom, men han gillar inte deras blickar, eller sättet de granskar honom på. Likt de förväntar sig att han ska göra något, utföra ett litet trick kanske, något äkta som de kan bära med sig hem i form av en lustig historia om det exotiska landet. Men istället för att spela med pekar Moo Daeng mot skorpionen, och de följer hans finger och nickar bekräftande. Någon skrattar och ritar en cirkel i luften från skorpionen till mannen som nästan ramlade ovanpå den. Moo Daeng besvarar leendet, tar ett till steg mot det skygga lilla djuret och pekar på nytt, vilket denna gång får dem att gestikulera ivrigt och upphetsat för att visa vad som *kunde* ha hänt.

Moo Daeng tar då ytterligare ett steg, fast kvickt denna gång, och skjuter ifrån med den bakre foten i ett högt hopp, för att med den andra foten landa rakt ovanpå skorpionen. Med sandalen pressad mot marken lägger han lite extra vikt på benet genom att börja gunga. Därefter reser han sig på tå och trycker till med hälen två gånger i snabb följd för att försäkra sig om att han inte kommer att överraskas av en ofrivillig, sista dödsryckning med giftgadden.

När han stiger åt sidan ser han att det inte är mycket kvar av skorpionen. Han knuffar den blodiga högen av ben och skelettbitar ett par centimeter genom gräset, plockar därefter upp den i svansen och sträcker fram den mosade kroppen mot västerlänningarna, som omedelbart viker undan och blänger på honom med avsky i blickarna. Nervöst smilande försöker Moo Daeng med den unga mannen som trillade och den äldre kvinnan som skyddade honom, men de knycker lika äcklat och argsint på nackarna.

Moo Daeng känner hur det börjar rinna varmt blod nedför armen, och i samma stund som han beslutar sig för att slänga tillbaka den lilla kroppen i blomrabatterna vänder kvinnan sig abrupt om och stormar in i tempelsalen. När de andra följer hennes exempel hastar Moo Daeng kvickt tillbaka till Noy och Oy, som stannat vid porten som markerar slutet på den allmänna vägen och början av munkordens egendom, och med en och samma röst frågar de ivrigt:

– Varför gjorde dom så där?

Moo Daeng snörper föraktfullt på munnen och spottar i marken.

– Inte fan vet jag, en jävla massa idioter bara.

De tre spanar mot gården igen, trappan dit västerlänningarna nu återvänt. De vita gästerna ser allvarliga ut och pratar med varandra med allvarliga blickar och allvarliga tonfall. Någon har dessutom placerat händerna i sidorna med krökta armbågar, som för att diskutera en eventuell bestraffning.

Moo Daeng granskar deras kroppar, sättet gesterna och det överlägsna fnysandet får dem att se så fruktansvärt hårda ut, som om något plastiskt eller porslinsaktigt stelnat över skinnet.

Ett skal man inte kan respektera.

Ett skal han vägrar att respektera.

FREDAG DEN 27 JUNI

Jag har suttit och tittat på John hela kvällen, försökt att se vad det är de andra ser och som gör att de tävlar om att få dricka med honom.

Eller kanske snarare om att få *honom* att dricka. Han är på sin tionde öl. Det går saktare nu, men han sitter fortfarande upp. Talar däremot mindre, talar knappt alls. Alla de där orden som vanligtvis rinner ur honom i början av varje kväll har spolats bort och kvar finns bara hans trevande hand.

Hans fula hand.

Det är en hand med stora leverfläckar, mörka hårstrån och smuts under samtliga naglar. Naglarna är dessutom oklippta, ser nästan lite kvinnliga ut, om det nu inte varit för den svarta randen som löper längs med insidan av dem. Han använder dessa långa naglar till att rita mönster i det kalla ölglasets immiga yta. Nej, inga mönster utan ord, och då i form av namn, vilka han suddar ut så snart de skrivits klart, om och om igen.

När han tröttnar på sin lilla lek låter han denna fula gamla hand med leverfläckarna, det mörka håret och smutsen under naglarna leta sig mot den mindre handen som ligger bredvid. Den med det spänstiga och lena skinnet. Och det är just sättet han placerar sina fingrar mot denna finare lem som gör honom till en av favoriterna. Det finns nämligen ingen kraft, ork eller ens vilja under hans grepp. Nästan som om tummen han flyttar i en mjuk cirkelrörelse och skinnet han så andaktsfullt smeker separeras av ett fylligt lager luft man kan ta på.

Ibland så gråter han också. Inte våldsamt eller uppseendeväckande utan enbart med ett par rullande tårar nedför de rödflammiga kinderna. Det är allt. En kort öppning i dammluckan och så tummen som sakta glider fram och tillbaka över dagens servitris. För att inte säga dagens tillfälliga flickvän. Hon som kommer att ta honom till taxin, baxa in honom i hotellobbyn och hissen, föra honom till tjugoförsta våningen och där försiktigt bädda ned honom under täcket. För att sedan klä av sig naken, lägga sig bredvid och förbereda sig för den där kraftlösa handens smutsiga nyfikenhet.

Fast aldrig något mer. Enbart dessa trevande, osäkra, gråtfyllda fingrar som tydligen tappat taget om något värdefullt och vilket han nu försöker återerövra genom att köpa sig ett mjukt, levande skinn.

...

...

Och där går han.

Nut för in handen under hans arm och lyfter försiktigt upp honom från bordet. Efter ett par ostadiga sekunder vacklar han tystlåtet ut på gatan. Nut ropar in en förbipasserande taxi medan John lutar sig mot Pom, som erbjudit sin axel som extra stöd. När Nut öppnar dörren till baksätet trillar John huvudstupa in i bilen, börjar muttra och kravla runt som en gigantisk bebis och inte förrän chauffören stiger ur för att hjälpa till lyckas han ta sig upp i sittande ställning.

Nut slinker in bredvid honom, höjer sedan handen och vinkar till oss. Kanske till mig med. Hon ler i alla fall och säger något jag inte vill skriva ned eftersom jag inte vill ha sådana ord i min dagbok. Därefter drar hon igen bildörren med en högljudd smäll och glider iväg mot Silom Road och det väntande hotellrummet.

...

...

Det är nästan tomt i lokalen.

Noi försvann för länge sedan med en thaiman som bar på en stor portfölj, Lek plockades upp av en riktigt fet tysk, en sådan där med platt rumpa och jättemage, och Pom lämnade till fots med en irländare i finkläder. Jag tror att han var från Irland i alla fall. Eller kanske Skottland. För när han pratade engelska var det knappt så att jag förstod ett endaste ord.

Det är bara jag och Pat kvar och Pat rynkar pannan åt att jag sitter och skriver. Anledningen till att det stör henne är för att hon tror att jag skriver om henne och de andra, vilket jag ju i och för sig gör. Hon har frågat om hon får läsa vad jag klottrat ned men jag ignorerar henne bara, vilket gör henne surare och mer skvallersjuk. Redo att hugga kniven i ryggen på en.

Det var inte ens meningen att någon skulle känna till min hemlighet eller att jag är så förbannat självgod att jag sätter mina tankar på pränt. Men saken var ju den att jag snabbt märkte att det inte gick att vänta tills man var ensam med att skriva ned vad som plötsligt poppat upp i ens huvud. För med ens beställde någon en öl, och med ens behövde man byta cd på stereon, och med ens var det skitigt och äckligt på toaletten, och med ens fattades det något i köket, och med ens fattades det något i baren, och med ens fattades det något i någons handväska.

Infallen man ibland överrumplades av drunknade oundvikligen under myllret av stökiga och högljudda göromål. Igen och igen och igen. Som då jag hörde något ovanligt tankeväckande och sa till mig själv att *"det där måste jag komma ihåg"*, enbart för att tio minuter senare upptäcka en svart fyrkant som satt där minnet borde ha varit som allra tydligast. Och denna svarta fyrkant skapade känslan av att ständigt tappa något av värde. Eller kanske snarare känslan av att aldrig riktigt nå fram till det som kanske skulle kunna innehålla något av värde.

Så när jag såg John sitta där med sina första öl kände jag att om jag skulle skriva något om John så var jag tvungen att göra det medan jag faktiskt hade honom framför ögonen. Väntade jag till senare skulle John i min dagbok inte bli lik John i verkliga livet, jag förstod det, och därför ursäktade jag mig i en halvtimme och sprang hem för att hämta den svarta dagboken.

Vad som är så lustigt, och vilket understryker alla mina tankar angående själva skrivakten, är att jag aldrig tidigare tänkt på hans händer och hur de rört sig. Det där svaga och varsamma som fyller dem. Jag såg det först med pennan mot papperet. Eller kanske inte. Möjligtvis var det istället så att jag höll kvar en flyktig bild tillräckligt länge för att lyckas se vad det var i bilden som skapade känslan jag upplevde. Det vill säga den av John som svag och gråtmild, bekräftad av handen och tåren. Alltid där men ändå oåtkomliga. Liksom allting annat runt omkring mig.

Personer och händelser som skapar känslor som är luddigt obegripliga, men vilka jag nu börjat fästa till riktiga ting eftersom jag lyckas hålla kvar dem genom mitt oavbrutna antecknande.

...

...

Pat stirrar på mig. Jag ser att hon vill fråga om vad jag skriver, vilket får mig att undra om hon vet om att Noi också har en dagbok, och i så fall varför hon inte hänger efter henne med en lika irriterad min.

Å andra sidan fattar jag ju att hon inte vågar hänga efter Noi med någon min överhuvudtaget. Hon är lika rädd för henne som alla vi andra. Fast det är ju egentligen inte rädda vi är, utan vi är snarare fyllda av respekt inför allt det vi vet att hon är kapabel till.

Jag kommer aldrig att glömma incidenten med kökskniven. Och eftersom pennan jag leder över denna sida har fört mig ända fram till detta minne, som jag inte tänkt på en endaste gång under det senaste halvåret, kommer jag nu att skriva ned scenen precis som jag minns den utan några förskönande eller förklarande parenteser. Som det hände framför mig, och vad som hände inuti mig.

Om jag minns rätt så började allt med en klapp på rumpan dryga halvtimmen innan det hela eskalerade bortom kontroll. Jo, så var det. En hård, klatschande klapp på rumpan när hon passerade med en öl till kunden hon drack med. Sedan ännu en hård, klatschande klapp på rumpan när hon tjugo minuter senare återvände till bardisken för att hämta en ny öl.

Där sa hon "rör han mig igen så får han leta efter den där jävla handen ute i soptunnan". Hon sa det så pass högt att alla i baren kunde höra henne, fast på thailändska, vilket gjorde att inga gäster förstod vad som var på väg att hända. Inte vi heller, för den delen. Om jag minns rätt så skrattade vi.

Jo, det gjorde vi. Vi fnissade och utbytte menande blickar, sådana som sa att vi alla någon gång känt samma sak och tänkt samma tanke, men skillnaden var den att det inte fanns något som helst vasst eller sarkastiskt skratt i Nois blick. Det fanns faktiskt ingenting i hennes ögon. De var tomma på precis allt med undantag av hotet hon just uttalat.

Och fem minuter senare, när den fulla turisten klappade henne hårt på baken för en tredje gång, vände hon omedelbart på klacken och försvann in i köket. Hon sa inget när hon kom tillbaka utan var skrämmande tyst. Så där tyst som ingen annan kan vara när känslorna tar över. Tyst på ett alldeles underbart kallt och målmedvetet vis.

Hon höll köttkniven vid sidan av kroppen med utsträckt arm – kallt stål mot varmt skinn – och så tog hon ett tiotal snabba steg upp till bordet … Nej, det gjorde hon inte alls det, utan hon rörde sig lika sakta och kontrollerat som alltid. Det vill säga med mjuka, självsäkra och närmast kattlika rörelser som inte påverkades av vad som hände runt omkring henne. Eller i mitten av henne.

Plötsligt stod hon bara där, bredvid den tafsande turisten, och sa på thailändska lika högt som tidigare "jag varnade dig". Ingen av oss skrattade denna gång utan vi tittade bara oroligt på henne medan musiken och tjattret försvann i bakgrunden. Sekunden senare höjde hon armen över huvudet, med den så väldigt breda kniven högt upp i luften, och slungade den mot turistens hand utan att yttra ett ord.

Jag märker nu att jag minns ljuden som uppkom och i ordningen de trädde fram. Allt är tydligare med en penna i handen. Först ett kort svischande från blusen, sedan en dov duns när bladet trängde igenom de tre fingrarna och naglades fast i bordsskivan, därefter den gemensamma sucken från oss andra och sist men inte minst skriket. Det ilande höga skriket. Det där absolut fruktansvärda oljudet som steg upp från den fulla turistens vidöppna gap, tillsammans med den ljudliga smällen av krossat glas när turistens vän slog sönder sin ölflaska mot Nois skalle.

Jag minns även att jag själv inte skrek. Överhuvudtaget. Jag minns dessutom att jag tyckte att Noi, i detta kristallklara ögonblick, var vackrare än någonsin och att blodet som rann nedför hennes ansikte medan hon stapplade mot bardisken var så mycket livfullare än den fula vätskan som trängde fram ur de tre stumparna på västerlänningens hand.

Och fortfarande lika tyst. Jag och Noi. Knäpptysta. Inte ett ord. Jag bara tittade på turisten som försökte hitta sina fingrar på golvet och hans vän som stressad spanade omkring sig efter fler potentiella angripare. Därefter vände jag blicken mot Pat, Pom, Nat och de andra som drog Noi mot köket i väntan på det oundvikliga polisbesöket.

Utanför men ändå inuti.

Jag bar med mig Nois tysta vansinne under de sex månaderna hon var borta. Liksom vårdade händelsen, och inte minst undersökte den. Lekte med tanken att det inte finns några verkliga återvändsgränder utan att allt kan omförhandlas eller avslutas.

Alltid.

...

...

Så klart att Pat inte tittar på Noi och hennes penna så som hon tittar på mig och min penna. Det går inte, av flera anledningar. Det är inte bara det att Noi inte är som oss andra utan nu har hon även blivit mama-sans högra hand, den verkställande handen, vilket förvånar mig lite.

En dag var hon i alla fall där igen, fast med en annan uppsyn. Mer iakttagande och på ett större avstånd ifrån kunderna. Vi förstod på en gång att hon var inbjuden och ingen försökte mota bort henne. Senare på dagen dök mama-san upp och förklarade för oss att Noi skulle bli vår nya skyddsängel. Inga fler tuffa killar som med jämna mellanrum tittade in för att se till att ingen gick för långt utan istället en späd liten svarthårig gåta som genom kylan i sin blick kunde lägga sorti på det mesta.

Jag vet inte riktigt var jag har henne. Hon är ju så mycket mer än någon som plötsligt viskar i ens öra att man kanske borde vara lite försiktig; mer än någon som på ett nästan magiskt vis lyckas eskortera ut en överberusad turist utan att han fattar vad som händer; mer än någon som på ett ögonblick förmår tolka kroppsspråk och intentioner. För bakom allt detta kyliga, kalla, genomtänkta och starka finns ett hjärta som kräver att få göra något med allt ägaren till detta hjärta ser och upplever. Ett hjärta som flyttat ut i handen och bosatt sig i en penna för att skapa ordning i kaos.

Jag vill veta vad hon skriver och inte minst *hur* hon skriver.

Med andra ord *var* hon har placerat det seende ögat och *vem* det är som talar. Och därför förstår jag Pat. Skillnaden är bara den att medan Pat är orolig för att jag snackar skit om henne så inser jag att Nois dagbok handlar om så mycket större saker än skvaller och rykten. Bland hennes meningar vilar nog själva världen.

Jag har i och för sig inte läst ett enda ord hon skrivit. Däremot läser jag henne som person. Eller försöker åtminstone. Det är svårt för Noi kan stå på ett och samma ställe i timmar utan att tala med någon överhuvudtaget. Hon lever i sitt huvud på ett sätt vi andra inte är förmögna till. Det ser faktiskt ut som om hon inte kan se sig mätt på vad som fyller våra små liv i denna lilla bar i detta oändligt stora kvarter.

Noi är oåtkomlig och okuvlig. Hon äger en helhet som ännu inte splittrats i en miljon bitar. Jag tänker mig henne som en djup brunn och varje gång hon slår upp sin dagbok med hårda pärmar skickar hon iväg en hink mot vattnet därnere i mörkret längst bak i skallen. Och det är kristallklart och törstsläckande.

Det är just därför som jag själv har börjat skriva. Igen.

Ja, jag skriver för att jag inte längre har något val, för att jag måste, för att jag återigen är full av ord som behöver komma ut innan de spräcker sömmarna på mig – som då jag bjöd in fantasin till tomheten som lämnades kvar efter att alla dessa människor som jag delade mitt efternamn med försvann.

Hela skolbiblioteket, samt ett tusental fortsättningar som växte sig okontrollerat spretiga när jag förstod att ingen hörde vad jag sa, ryms bland tankarna jag använt för att stå stadigt på jorden. Jag har pratat med ett oräkneligt antal tungor med ett oräkneligt antal personer från ett oräkneligt antal länder, fast enbart i mitt eget huvud och bland arken jag använt som tätningsmedel.

Genom drömmarna jag vävt har världen visat sig och i fortsättningen kommer detta drömmande att blott handla om mig och ingen annan. Min första riktiga dagbok.

Om vad som finns därinuti, på den andra sidan.

BAAN NONG JAAN

Moo Daeng står och tittar genom ett hål i staketet. Noy och Oy är bakom honom och tjafsar om en slant de hittat på gatan utanför skolan.

Det har inte gått till handgripligheter än, men Moo Daeng hör att det bara är en tidsfråga innan det hela spårar ur. Några illa valda ord till, en förolämpning som går lite för långt, kanske en snabb luggning eller örfil, och bråket är igång.

Det blir nog Oy som slår först, för förra gången var det Noy. Men inte i ansiktet. Blåmärken och utgjutningar runt ögonen, näsan och munnen väcker ont blod hos föräldrarna. Samtliga skador som inte kan kamoufleras är förbjudna, men däremot med brutal kraft mot allt det andra.

Moo Daeng svänger runt för att se hur långt det är kvar till att slagsmålet startar.

De står med ansiktena tryckta mot varandra och flåsar vilt. Nävarna är knutna och kropparna fixerade i ett slags explosiv stelhet; den skulpturala rigiditet som åstadkoms när alla muskler spänns på en och samma gång. När som helst nu, och det blir inte Oy som slår först utan Noy, igen, och då antagligen med en knytnäve i magen, eller rakt på ett av systerns små bröst, med kraft från axeln hela vägen ned till höften. Precis som han lärt dem.

Värre vore om hon slog mot strupen, med sidan av handen, för att få Oy att tappa andan så att fler slag kan följa. Hårda nävar, fötter, armbågar och knän som landar i slutet av banor man ställt upp i skallen bara bråkdelen av en sekund tidigare. Kalkylerat, kyligt och extremt effektivt, trots det inre tumultet. Ett livsfarligt anfall man vanligtvis bara ser hos vuxna män som slåss nyktra.

Moo Daeng tar ett kvickt steg framåt och ställer sig mittemellan systrarna. Sätter ena handen mot Noys bröstkorg, den andra mot Oys, och trycker isär dem. Säger:

– Jag betalar. Hur mycket handlar det om?

Det är Oy som svarar först:

– Fem baht.

Moo Daeng släpper taget om dem båda, för ned handen i fickan och plockar upp ett silverfärgat litet mynt. Han ger det till Noy och synar henne noga för att se om hon godkänner transaktionen.

Noys fingrar sluter sig motvilligt om den skimrande lilla pengen, men det är inte över än, och det handlar inte heller om själva summan hon gick miste om när Oy var snabbare med att plocka upp myntet från gatan, utan något har helt enkelt börjat leva i henne. En varelse med stor käft och vassa klor, och den måste ut på något sätt. Moo Daeng förstår det. Han känner till glöden som just nu brinner i Noys mage och bröstkorg, inser att det inte går att ignorera den och fortsätta på dagens göromål som om inget utöver det vanliga inträffat. Det kommer att alstra andra, och större, konsekvenser, inte minst med fler personer inblandade. Idiotiska snedsteg i ett vanmäktigt försök att stilla blodet.

Moo Daeng tvekar inte utan slår till henne över kinden och fräser bitskt:

– Skärp dej, din lilla skit!

Det tar ett tag för Noy att känna slaget med något annat än sin kropp.

Till att börja med är det bara smällen, det klatschande ljudet som uppkommer när Moo Daengs hand träffar henne över munnen, tillsammans med den korta sekunden av medvetslöshet då huvudet slungas bakåt och hjärnan slår i kraniet. Men så fylls hon av händelsen, känner hur den svidande smärtan flödar ut i resten av kroppen för att armera den. En sorts rödmålad ilska som gjuter samman hennes lemmar till en hård klippa utan sprickor, något stort och starkt som kräver att få bli lämnad ifred.

Därefter flyger hon på honom, skrikande som en galning, och överöser hans axlar, armar och bröst med tafatta slag. Men det är inte nog utan för ovanlighetens skull tar hon även sikte på Moo Daengs ansikte och försöker komma åt näsan, ögonbrynen och läpparna för att få något att blöda, skapa ett minne konkret nog att ta på, och till slut får hon mot all förmodan in en träff.

Knogarna på hennes vänstra hand slår emot skelettet över ögonhålan och hon gnyr till av smärtan som skjuter upp längs med armen när handleden böjs bakåt av den hårda ytan. Men trots det är inte slaget kraftfullt nog för att slita sönder huden mot benet och frambringa den där mjuka öppningen i köttet som alltid får henne att tänka på rödfärgade blommor.

Moo Daeng tröttnar däremot och knuffar till Noy så hårt i bröstet att hon faller baklänges på rumpan. Hon studsar likväl kvickt upp för att fortsätta anfallet, men innan hon hinner börja svinga sina små nävar skjuter Moo Daeng fram ena foten och signalerar tydligt att om hon kommer närmare slår han till igen. Fast hårdare denna gång, som mot en jämlike.

– Rör du mej så får äta ur ett jävla sugrör dom närmsta veckorna.

Noy tvekar.

Hon vet vad Moo Daeng är kapabel till, har sett honom slåss både i och utanför ringen, och väljer att tiga. Stillar istället kroppen genom att bita sig i kinden; slussar ut det som finns kvar av den nedlåtande örfilen genom att dränka en tidigare smärta i en senare. Hon fräser emellertid fortfarande, fast utan att spotta eller svära. Inga fler chanstagningar. Hon har visat vad hon går för och innerst inne är hon säker på att Moo Daeng uppskattar att hon inte backade undan eller vek ned sig. Och hon mår bra av det, vetskapen om att hon är sin broders syster, och att de båda innehåller samma sorts renande ilska.

Ett band som bekräftar att det inte är henne det är fel på, utan världen hon är tvungen att vandra genom. Och inte minst på människorna som trängs i den.

Killarna går i Matayom 6 och har bara ett år kvar i skolan, nästan vuxna, men de tassar ändå runt på tå framför Moo Daeng. Noy njuter av det, Oy njuter av det och Moo Daeng njuter av det. Det syns i rörelserna; hur hans fjortonåriga kropp liksom växer av respekten han mottar och förvandlas till en svällande bubbla som både knuffar bort folk och lockar dem till sig. De vill vara i hans närhet, och inuti hans sfär, känna kraften spilla över på dem själva, för att sedan bära med sig den i mötet med andra. Den orädda kroppens språk: kall blick, bred stance och hårda nävar i slutet av avslappnade armar. Mjuk och fast på en och samma gång, och inte bara förmögen att njuta av att tillfoga smärta, utan även av att bli tillfogad.

Den ena killen håller fram nio hundra baht-sedlar och Moo Daeng fångar tag i dem med en nonchalans som får Noy och Oy att dra efter andan. Likt pengarna, den där hiskeliga summan som byter ägare, inte skulle betyda något. Moo Daeng tecknar med handen till Oy, som står ett par meter bort tillsammans med Noy, och hon plockar då upp två av de tre småpåsarna Moo Daeng bett henne att bära med sig under dagen och ger dem till Noy som, enligt instruktionerna, börjar promenera nedför den närmaste sidogatan. Hon stannar i slutet av den skräpiga passagen, bland en massa grunda lergropar som markerar infarten till helgmarknaden, tar fram påsarna och placerar dem försiktigt under ett par bräder som stånden riggas upp på. Därefter avlägsnar hon sig i motsatt riktning för att via en halvcirkel, som korsar två hela kvarter, gå tillbaka till Oy.

Det spritter genom kroppen på henne, som om hon plötsligt skulle innehålla en massa rödglödgade kulor, hela svärmar av dem, hoper av strålande stjärnfall som får hennes knän att svikta och benen att dansa. Det känns som om hon kan flyga, trots att hon knappt förmår hålla ryggen upprätt. Eller kanske snarare som om hon plötsligt blivit för stor för sin kropp och pressas tillbaka av ett skinn som borde ha ömsats för länge sedan.

När hon kommer fram till Oy tar de tag om varandras armar och börjar hoppa på plats precis som de småbarn de är, vimmelkantiga av upphetsning och spänning. Moo Daeng blänger på dem, vilket gör att de dämpar sig, och stramar åt sina livliga små ansikten i ett försök att anlägga samma sorts oberörda min storebror alltid lyckas frammana när någon tittar på honom. Ett slags uttryck av totalt ointresse, likt han redan upplevt allt, och inte orkar kommentera vad som händer med något annat än att rycka oengagerat på axlarna.

Den ena av de två äldre killarna tittar sig om, söker med blicken längs med kvarteret efter poliser, och släntrar sedan nedför samma gata Noy tog. När han kommer fram till marknadsplatsen plockar han upp påsarna hon gömt, för att därefter vända sig om med tummen höjd i luften, vilket får den andra killen att le och lägga handen över Moo Daengs arm.

– Du är fan bäst, säger han och kramar till

När killen med påsen kommer tillbaka ger han varorna till sin vän, som omedelbart klämmer ned dem innanför underbyxorna. Därefter rättar de båda till skoluniformerna, borstar bort osynligt damm och ser till att skjortorna är ordentligt nedstoppade under det obligatoriska bältet med skolans emblem och att det inte finns några smutsfläckar på de svarta finskorna.

Moo Daeng står och tittar efter dem en lång stund medan de promenerar mot skolgrinden i slutet av kvarteret. Sedan för han ned handen i fickan, pillar på rullen med sedlar och försöker inte bara känna den väldiga summan med fingertopparna, utan även föra in den i själva skinnet för att skapa ett slags skydd mot de vitblå uniformerna som radar upp sig på skolgården.

En hal hinna ingenting kan fästa sig vid.

Moo Daeng har utan att tänka på det promenerat efter killarna, hela vägen fram till skolgrinden och vaktkuren, där han slutligen uppmärksammas. Vakten stiger fram ur det lilla båset, synar Moo Daeng från topp till tå på det där nedlåtande sättet vuxna från staden alltid gör, och säger föraktfullt:

– Du går inte här, eller hur?

Moo Daeng svarar inte, tittar inte ens på honom, utan betraktar istället raderna av elever som påbörjat det gemensamma återtåget till klassrummen efter lunchrasten.

Vakten tar då ett stort steg mot honom och väser skarpt:

– Stick här ifrån, din lilla horunge!

Förolämpningen slinker in genom skalet Moo Daeng försökt att skapa och han vänder blicken mot vakten, likaså kroppen, vrider fötterna på plats som om det är ett danssteg han utför och svänger runt med knutna nävar. Vakten är inte mycket större än han själv. Samma längd, fast med mycket mer kött på kroppen. Å andra sidan är detta kött gammalt, grått och sönderrökt. Sladdrigt dessutom. En bred fettpåse löper runt vaktens midja, ryggen är lätt böjd av övervikten han släpar runt på och under hakan hänger en fyllig skinnflik.

En dålig kopia av en riktig man.

Moo Daeng för in handen under T-shirten och följer magmusklernas konturer medan han mäter vakten med blicken.

Under huden vilar ett lager hårda stänger som formats av tiotusentals med situps, och vilka dessutom stålsatts av ett oräkneligt antal sparkar, slag och hårda knän. Det är en stark kropp. En explosiv kropp. En kropp som kan ta en kraftfull smäll i mellangärdet. En kropp som härdat smalbenen mot bamburör sedan tioårsåldern. En kropp som aldrig sviker. En kropp som inbringar mat till familjen. Ett levande ting som är horisonten alla andra strävar mot.

Moo Daeng suger in läppen, biter på den hårt och hör ett litet knäpp när huden brister och fyller munnen med blodsmak. Men så plötsligt står Noy och Oy där också, snett bakom honom, och spanar koncentrerat mot skolgården och de många eleverna i sina blåvita uniformer och blänkande läderskor.

Moo Daeng släpper vakten med blicken och synar sina lillasystrar istället: de skitiga och för små klänningarna, kropparna som börjat växa, brösten som putar ut, frånvaron av behås, de nedgångna sandalerna, blåmärkena på benen, smutsen under naglarna.

Moo Daeng pillar loss en hundralapp från rullen i byxfickan och hojtar till för att fånga småtjejernas uppmärksamhet. Säger sedan:

– Är det nån som känner för lite glass?

Noy och Oy tjuter högt av glädje och börjar klappa i händerna. Sekunden senare har de redan satt av nedför gatan mot shoppingcentrumet. Flänger hejdlöst framåt som om de skjutits ut ur en kanon och ilar orädda mellan bilar och bussar för att sekunden senare försvinna bland stånden, restaurangerna, barerna och myllret av turister och krimskramsförsäljare.

Det är middagstid och solen är på väg ned.

Moo Daeng svänger upp framför huset och parkerar den stulna skotern utom synhåll från vägen. Det är en dryg vecka kvar tills föräldrarna kommer hem, men Moo Daeng får ändå Noy och Oy att lova att de inte ska säga något om att han tog med sig dem till stan.

En tidsfrist bara.

Han vet att lillasystrarna inte kommer att kunna hålla tyst. Vad de gjort måste berättas för någon, helst en nära vän, en person man kan växa framför, och se sin egen förändring genom. Moo Daeng har själv upplevt denna underliga känsla som träder fram när man inser att något har lagts till eller dragits ifrån summan av ens jag.

Tio raka segrar, fem av dem på knock, och med ens började folk titta på honom annorlunda. Färre spottloskor i marken, men desto fler bakom ryggen. Det gick inte att undgå att märka irritationen och förvåningen som stegrades i takt med att han flyttades upp i rankningen. Moo Daeng minns även hur han själv började lägga märke till nya saker. För där fanns plötsligt en kropp som, i motsats till huvudet, var fullt medveten om den dräpande kraften som kunde kanaliseras genom knuffar, slag och obevekliga sparkar. En vetskap som inte bara framhävde missunnsamheten runt omkring honom, utan även det egna föraktet. Något väldigt snarlikt hat. En dov och mörk avsky som krympte omgivningen och gjorde världen fulare eftersom man inte längre behövde svälja lögnerna som ständigt trycktes ned i ens käft. Insikten om att man faktiskt kunde spotta ut dem, och slå tillbaka.

Anamma allt det trasiga andra skydde.

Noy och Oy kommer inte att kunna hålla tyst, Moo Daeng ser det på dem, i deras ansikten. Trötta men fulla av liv; en glöd som smutsen över deras kinder inte förmår hålla tillbaka. Nya intryck som måste ut för att man ska kunna växa genom andras avundsjuka bekräftelse, och bli något mer än det man själv kanske tror sig vara.

Trots att han vet att det är meningslöst säger Moo Daeng:

– Nämn för i helvete inte för nån att jag tog med mej er till stan. Ni vet ju att ni inte får åka.

Tjejerna nickar och svarar som alltid i ett och samma fördröjt andetag:

– Vi lovar, bror.

Därefter störtar de barfota ut genom grinden, för att med växeln från glassen de köpte springa dryga kilometern till den lilla affären i mitten av byn. Moo Daeng tittar efter dem en lång stund medan de sicksackar fram genom det platta landskapet. Ett par hundra meter bort försvinner de bakom ett regnskydd som ställts i ordning inför monsunsäsongen, vilket får Moo Daeng att klättra uppför de fem rangliga trappstegen till huset och dra undan skynket som hängts för dörröppningen.

Inne i det enda rummet slår han på teven, som han köpte ett par månader tidigare för den senaste vinstsumman, och fyller vattenkokaren med gammalt regnvatten. Det fräser till och strax därefter stiger ånga upp mot det av spindelväv täckta taket.

Snabbnudlar med räksmak, två paket.

Han slår sig ned med skålen mellan benen och äter sakta. Nyheterna är på, någonting om oroligheter i Bangkok, gulskjortor mot rödskjortor. Moo Daeng tycker sig kunna se ansikten han känner igen i folkhopen kameran sveper över. Personer från byn. Sin far. Ingen som betyder något.

Han sörplar i sig det sista av nudlarna och ställer undan skålen. Om ett par minuter kommer det att krylla av myror i den, röda sådana, inte mycket större än en nagelflisa, men med ett bett som bränner likt syra. De kommer från ingenstans, eller från överallt, som om själva jorden skulle bestå av rödmyror. Ett myller av osynliga insekter som med jämna mellanrum väller fram, slukar allt i sin väg och bränner varje tänkbar form av motstånd, för att sedan försvinna utan att lämna ett spår efter sig.

Moo Daeng skjuter tallriken längre ifrån sig och byter kanal. En såpopera om rika människor i Bangkoks förorter. Han byter kanal igen, fler nyheter, byter så igen, ytterligare en såpopera, byter igen, reklam, byter igen och fortsätter att byta tills han gjort så många varv att kanalerna glidit in i varandra och förlorat all form av mening.

När han vänder sig mot skålen för att bära ut den i det provisoriska lilla köket ser han en sporadisk kolonn rörliga prickar närma sig i halvdunklet. Det är inte många myror, ett tiotal kanske, med uppemot en decimeter mellan sig. De ser ut att komma från under madrasserna, till höger om Moo Daeng, eller kanske från garderoben bredvid sovplatserna.

Moo Daeng lägger sig på golvet och spanar på patrullen.

Den första myran stannar vid botten av skålen, där plasten nuddar träplankorna, och ser ut att titta sig om över axeln, liksom snurrar runt med överkroppen som för att kontrollera att de andra kan följa spåret. Därefter klättrar den uppför utsidan, rundar kanten och fortsätter ned i den fortfarande vätskefyllda botten. När den andra myran når skålen sträcker Moo Daeng fram handen och klämmer ihjäl den mot golvet med tummen.

Han kan inte känna den lilla kroppen under skinnet, men där sitter den i alla fall när han vinklar upp handen, en rödsvart liten prick med små men tydligt spretande ben.

En tredje myra har nu hunnit fram och Moo Daeng trycker återigen till med tummen. Med fingertoppen fortfarande pressad mot träplankorna försöker han känna kroppen under huden, denna tidigare levande varelse vars organ och kött plattats till av det ofantliga trycket, men det går inte. Inte ens när han målar upp en bild i skallen av hur det skulle se ut om en människa plattades till på ett likadant vis lyckas han känna något. Men när han synar tummen ser han likväl en andra rödsvart, betydelselös prick utstruken över det ärrade skinnet.

Det kommer fler myror nu, fortfarande i en någorlunda ordnad formation, men i snabbare takt och med kortare mellanrum, som om terrängen kartlagts trots att ingen ännu återvänt till madrasserna eller garderoben för att vidarebefordra informationen.

Moo Daeng trycker till en tredje myra, hinner knappt försöka uppfatta kroppen under tummen innan en fjärde är där, och så en femte, sjätte och sjunde. Kropparna klumpar ihop sig över hans skinn och bildar kluster av blod och ben, likt ett svartprickigt mönster av illaluktande mögel.

På den tjugoförsta händer så någonting och kolonnen stannar upp. Plötsligt finns det inga fler myror. Plankorna är tomma på dem. Budskapet har tydligen gått hem och den enda som är kvar är den ensamma myran i soppan, som oförmögen att ta sig upp fortsätter att kravla runt längs med ytspänningen.

Moo Daeng för handen till skålen och lutar den mot golvet, vilket får myran att glida ut tillsammans med ett par nudlar. Han tittar på den nedkladdade kroppen ett tag, sätter sedan tummen över den smala, orangeröda ryggen, och klämmer till.

Denna gång känner han något.

Och vad han känner får hans näve att knyta sig, sakta, och på ett sätt som låser fast fingrarna i varandra, likt en sjukdom han måste lära sig att leva med.

FREDAG DEN 4 JULI

D et är ljuset som fångar tag i mig mest. Lamporna. Alla de små, alla de stora och dem alla tillsammans. Särskilt när de blinkar.

Enorma digitala reklamskyltar, långa bilköer, upplysta skyltfönster, gigantiska skyskrapor, utspridda nattmarknader, pråliga barer, dyra restauranger och blixtrande tåg som döljer natthimlens alla falska stjärnor bakom en ärlig dimridå.

Jag kan faktiskt inte se mig mätt på det. Och jag älskar det. För här går inget stilla i graven. För här finns det inga kretslopp. För här svävar allt i tomma luften och precis vad som helst kan hända.

Utan att någon bryr sig.

...

...

Gregg är full. Han var i och för sig full redan när vi satte oss i taxin. Alla är med. Tre bilar sammanlagt. Två av dem med tjejerna från baren och Greggs vänner och så den sista med mig, Pat och Gregg.

”*Fourth of fucking July*”, skriker han om och om igen på engelska, för att därefter vråla ett utdraget UUUU… vilket följs av ett lika utdraget SSSS… och AAAA… Hans dubbelhaka lägger sig mot bröstet när han basunerar ut sitt patriotiska mantra. En mun som gapar så stort att det ser ut som om den skulle kunna svälja hela världen. Gregg tar vad han vill ha och idag vill han att vi stänger baren för att följa med honom till Pattaya på östkusten, där vi ska fira hans älskade hemlands nationaldag.

När jag tittar på Gregg har jag svårt att fatta att jag tidigare tyckte att västerlänningar var vackra. För Gregg är inte vacker. Det finns inget vackert överhuvudtaget med Gregg. Gregg är ful på så många olika sätt och vis att man blir snurrig. Och ändå minns jag att jag tyckte att han var stilig första gången jag såg honom, trots all den där övervikten. Jag förstår i och för sig varför, om jag nu bara orkar tänka efter. Det var inte Gregg jag tyckte var tilldragande utan allt Gregg lockar med. Hans vita, självklara skinn. Med andra ord möjligheten att hävda sin rätt oavsett var man befinner sig eller med vilka man umgås.

Jag tycker inte om vitt skinn längre.

…

…

Jag måste nog skriva om det där. Sanningen är att jag fortfarande anser att det vita är vackert och i synnerhet på folk från Thailand. Fast då inte färgen vit-vit utan Bangkok-vit. Den sortens vithet man ser på tunnelbanan och i reklamen, bland de med pengar och utbildning nog för att skapa sig ett liv inomhus. För om man inte kan undvika solen blir man till slut lika brunbränd som en risplätt ingen orkat vattna eller vårda på årtionden.

Jag är brunbränd. Och ful. När jag tittar mig i spegeln ser

jag ett nästan svart ansikte mot en nästan svart bakgrund. En mörk och innehållslös kuliss som består av en och samma dag som aldrig tar slut och som dessutom kontrolleras av någon man enbart kan tala med genom artiga nigningar eller påtvingade avbetalningar. Han eller hon med pengarna och makten. Familjen som är generös nog för att låta en tvätta deras tvätt, diska deras disk, städa deras hus, hämta deras barn, plöja deras åkrar, så deras ris, valla deras boskap, ligga med deras män.

Gregg är inte vacker, men vad han representerar är det och jag vill fortfarande ha det, trots att jag sitter här och smygtittar på hur han undersöker och klämmer på Pat med sina stora, tjocka korvfingrar. Hela handen över hennes bröst, bara ett par decimeter från chauffören.

Men jag vet vad chauffören tänker. Det är inte Gregg som är äcklig utan Pat och han skulle gärna kladda på en egen kvinna han köpt för natten, vilket han dessutom kommer att göra senare ikväll, fast då på en bar med billiga horor från Laos och Kambodja istället för Thailand. Han är en man jag känner bättre än Gregg och jag vet vad han är kapabel till bakom sin tystlåtna och hövliga fasad. Vad det är för en sorts tråd han sitter och spinner på och hur han vill använda denna smala snara.

Han är en tystnad som öppnar sig likt ett fruktansvärt åskväder, men enbart när ingen är i närheten, förutom det ensamma trädet som klyvs av blixten.

...

...

Det är ett stort hotell, större än något annat jag varit på, och Gregg är påfrestande rättfram i detta luxuösa sammanhang.

Jag måste erkänna att jag på något konstigt vis faktiskt gillar honom, trots att det inte finns något att gilla. Det jag gillar, fastän jag redan sagt att det inte finns något att gilla, är faktumet att varenda människa blir till en myra under hans fötter. Det var nästan så att jag kände mig stolt när vi checkade in.

Gregg är ingen idiot. Han har pengar och dessa pengar verkar aldrig ta slut, vilket innebär att han har lyckats med något och fortsätter att lyckas med det. Han såg vad receptionisten såg. Det gick inte att missa den nedlåtande blicken hon gav oss efter att ha konstaterat sällskapets karaktär: fyra vita män i medelåldern med åtta lättklädda thailändskor. Men istället för att vika undan sög han upp kritiken och gjorde den till något helt annat. Jag vet inte hur det gick till men medan Pat, Pom, Nit och de andra försökte göra sig osynliga växte Gregg genom sitt självsäkra leende och sin välfyllda plånbok, vilket förvandlade hans hela varelse till ett rungande och föraktfullt hånskratt över receptionistens moralpanik. Han liksom krossade henne. Visade med all önskvärd tydlighet att förloraren i denna ekvation var personen som ständigt böjde på ryggen vid en hotelldisk, aldrig någonsin vågade höja sin röst över en viskning och som svalde allt som trycktes ned i strupen från trappstegen lite högre upp

Det är just detta jag själv vill kunna göra; få alla dessa människor som tittar på mitt brunbrända ansikte att inte bara försvinna utan även förtvina. Ruttna bort på grund av sin egen inneboende sjuklighet.

När Gregg tittar på mig är det emellertid något annat som fyller hans blick och jag förstår inte riktigt varför. Hungern som finns där när han riktar sig mot Pat, Pom eller Nat är spårlöst borta och i dess ställe vilar något trött och utmattat. Pat har dessutom berättat för mig vad denna hunger innebär. Och hon skrattar när hon gör det, för det är det effektivaste sättet att bemöta Greggs personliga nöjen. Göra det patetiskt och löjeväckande. Fast inte när Gregg hör på eller är i närheten, för liksom alla andra män blir han orolig när han hör kvinnor skratta. I synnerhet när de skrattar åt något han själv inte sagt.

Jag skrattar däremot inte, trots att jag vet att hans blick och hand är utomordentligt smutsiga. Mellan oss vilar det nämligen ett skimmer av normalitet, fast inte i form av vänskap eller tillgivenhet utan genom omständigheten att inget ännu namngetts med prislappar. Den enkla sanningen är att Gregg anser mig vara en *Ingen* men ändå en *Någon* och en *Någon* kräver helt enkelt förekomsten av vissa vett- och etikettsregler.

Jag gillar dessutom hur han tittar på Noi. Blicken han ger henne är den mellan två jämlikar. Han respekterar henne, och är kanske till och med lite rädd för henne. Nej, Gregg är inte rädd, för Gregg är en sådan där man som sällan blir rädd. Det vittnar hans ärr och tatueringar om. Han är en person som hellre åker till sjukhuset än sväljer förolämpningar eller vänder andra kinden till.

Jag tror att Gregg var en någorlunda bra man en gång i tiden, det är bara det att något hände. Vad vet jag inte men det goda som balanserade det onda hamnade i bakgrunden. Förvandlades till en viskande röst som enbart väljer att träda fram när handen blir för hård eller farlig.

...

...

Hotellrummet är det största jag sett. Å andra sidan har jag inte sett många hotellrum. Vi är sammanlagt tolv stycken och Gregg delar säng med Pat medan hans tre vänner har valt att ligga med Pom, Nat och Lek. Vi övriga fyra – jag, Boo, Noi och Nit – har blivit inhysta i en mindre lägenhet med kök och allt.

Det finns en stor pool på området också, men den kommer jag inte att använda. Badar man i pool behöver man en baddräkt, och en baddräkt har jag inte. Noi däremot har en baddräkt. Hon har lagt den på sängen och har redan börjat klä av sig. Hon är tyst och bestämd och fyller rummet med en sorts energi jag inte tycker om. Något som kräver att få bli uppmärksammat.

När hon avlägsnat alla sina plagg ställer hon sig plötsligt naken rakt framför mig, vilket får mig att titta i golvet, och i takt med att hennes fötter närmar sig mig glider min blick allt längre och längre bort. Slutligen placerar hon sig så pass nära att jag kan känna doften av hennes skinn: aprikos och lavendel. Inte alls påträngande utan lika len och mjuk som den varma luften i en kärleksfull utandning.

Noi rör sig inte utan står tystlåten kvar, allt medan jag fortsätter att stirra i golvet. I mitt huvud är jag emellertid på väg någon annanstans. Jag äger nämligen en förmåga Noi inte vet någonting om: gåvan att kunna upplösa tid och rum och spårlöst försvinna utan att lämna platsen jag upptar. Men till min förvåning märker hon vad jag håller på med och fräser skarpt: "Gör inte så där!"

Med blicken fortfarande fäst på fötterna svarar jag motvilligt: "Göra vadå?"

"Förvandla dig själv till en osynlig liten mus".

"Jag är ingen mus", säger jag knapp hörbart.

Noi är tyst och verkar vänta på något mer. För att göra henne till lags, och kanske även i ett försök att inte väcka hennes ilska, mumlar jag lågt "jag vill inte vara en liten mus", vilket får Noi att skrika för fulla lungor: "TITTA PÅ MIG!"

Det är första gången jag hör henne höja rösten, men det är ändå inte nog för att jag ska möta hennes blick. Mina fötter är min värld och medan jag noggrant synar de dåligt klippta tånaglarna ryter Noi som ett hungrigt lejon: "SLUTA GÖRA DIG SÅ JÄVLA OBETYDLIG OCH LITEN!"

Något träffar. Det är som om jag kan känna hennes arga stämma inuti mig. Den rinner liksom in genom öronen, näsan och munnen och samlar sig bakom pannbenet i form av en tryckande smärta. Något som börjar expandera och vill spränga sig loss. Jag försöker lyda henne, men lyckas inte: ryggen vill inte räta ut sig, brösten vill inte peka framåt, låren vill inte spänna sig, armarna vill inte hänga slappt och självklart vid sidorna, fingrarna vill inte sluta fläta in sig i varandra.

Jag är en mask. Och jag är en mask eftersom jag har lärt mig att kräla för att få det jag vill ha, vilket ovillkorligen varit att inte bli uppmärksammad av fel sorts personer. Ja, jag är en varelse som hör hemma i underjorden, i dyn, i myllan som får plantor att sträcka sig mot solen. I det som måste ätas och spottas ut för att något annat ska kunna växa. Under ett par långa sekunder tror jag att hon kommer att smälla till mig. Men istället vänder hon sig om, suckar djupt och tar ett par bestämda steg mot baddräkten på sängen.

Och då synar jag henne ordentligt. I samma stund som hon

släpper taget om mig höjer jag blicken och tittar på hennes kropp. Studerar den hårda följsamheten som finns i konturer utan något som helst fett. Och mina ögon dras även mot hennes blottlagda underliv.

...

...

Jag tänker på Nois underliv där vi sitter på en av go-go-barerna på Walking Street.

Kvinnorna uppe på scen har underbara kroppar. Kroppar med former, tydliga bröst, kvinnliga höfter och mjukt hull under ljusbrunt skinn. De alla har dessutom klippt sitt könshår på precis det där sättet som jag själv skulle vilja göra. Fina små buskar som inte drar till sig blicken utan vilka enbart är där, mellan deras svängande ben, likt vackra och ovärderliga klenoder. Sådana jag sett och hört att man ska ha. Sådana män tycker om. Noi visade däremot inte upp denna klenod utan hon hade sett ut som min mormor, trots den stora åldersskillnaden. Ärligt talat tyckte jag att det såg äckligt ut.

Jag vill egentligen inte skriva *äckligt* eftersom jag vet att det är Greggs och hans vänners ord. Jag vill ta tillbaka det, men det går inte av den enkla anledningen att jag lovat mig själv att inte sudda ut eller ändra något överhuvudtaget i denna dagbok. Det får stå kvar. Noi är äcklig, och därmed är jag också äcklig. Två äckliga gamla kärringar som förenas i frånvaron av synlig hud mellan benen, vilket ju självklart inte stämmer.

Noi är ingen äcklig gammal kärring utan en kvinna som försöker poängtera något och denna levda poäng – eller kanske snarare påminnelse – sitter vid mitt bord och övervakar allt Pat, Nat, Pom, Boo och de andra gör. Det går dessutom upp för mig, nu när vi alla dricker tillsammans och jag vet hur hon ser ut därnere mellan benen, att hon är väldigt mörk. Det är lite konstigt att jag inte tänkt på det tidigare. Inte lika mörk som en bränd liten risplätt ingen vattnat på århundraden, så klart, men definitivt brunare än de åmande kropparna på scen som Gregg och hans kompisar tittar på med vidöppna ögon medan deras händer smeker kvinnorna bredvid sig.

Jag granskar dessa så kallade vänner för att se vad de själva fäst blickarna på och noterar att Pat och Nat tittar lika mycket på go-go-danserskorna som Gregg och de andra medan Pom och Lek stirrar rakt fram utan att se något överhuvudtaget. När jag lägger märke till tomheten i deras ögon förstår jag även att de inte känner händerna som rör sig över deras kroppar. De är inte där. De är någon annanstans. De är på en säker plats i sina huvuden och undrar hur länge det hela kommer att pågå. Det är allt. Inte en längtan bort, inte en längtan tillbaka och inte heller en längtan till slutet, utan endast denna fråga om hur länge spektaklet kommer att fortgå denna gång.

Å andra sidan återvänder de till sina huvuden så fort tillräckligt många drinkar ställts på bordet. Alkoholen gör det nämligen möjligt för dem att vistas i sina kroppar utan att känna friktion och under en kort stund, i mitten av fyllan, lever de faktiskt på riktigt. Det vill säga att de tagit död på all form av upprepning och placerat sig själva i ett ovedersägligt och absolut strålande nu.

...

...

När jag skriver detta, några timmar efter att jag och Noi återvände till hotellet, undrar jag var alla orden kommer från, varför de träder fram i ordningen de gör och varför jag ständigt påstår saker jag inte kan stå för. Jag både gillar och avskyr det, men mest av allt skrämmer det mig. Denna svarta anteckningsbok gör att jag tappar bort mig själv i lika stora delar som jag nedtecknar mitt liv. Något allvarligt är på väg att hända och vad som har satt igång det hela är själva skrivakten, som nu hamnat bortom min kontroll. Jag är en kran som har gått sönder. Jag är en översvämning efter monsunen. Jag är en rasande ordmassa som sparat kraft i århundraden. Jag är en kommande katastrof.

Tsunami.

…

…

Noi sitter i fåtöljen och sneglar på mig medan jag skriver, men det är ingen idé att försöka smyga med det, för här blir allt förr eller senare blottlagt. Inga hemligheter kan överleva på en plats där ens eget skinn tillhör allmänheten.

Mitt skinn är i och för sig fortfarande intakt. Man äger däremot andra delar av mig och använder sig av dessa delar på andra självklara sätt utan att någonsin fråga om lov. Detta skinn, som jag nu sitter och tänker på, känns dessutom obekvämt mot den överdrivet mjuka madrassen. Jag borde ligga på en mycket hårdare säng och i ett mycket mindre rum. Jag borde inte dela denna lägenhet med Boo, Nit och Noi. Det är fel och kräver mer av mig än jag för tillfället är förmögen att ge. För jag borde endast prata med dem genom svaren jag ger på frågorna de nästan aldrig ställer. Jag borde plocka upp flaskorna de tömmer istället för att skåla högljutt. Och jag borde torka av bordet Gregg spiller på istället för att skratta åt hans råa skämt.

Jag hör hemma på en offentlig toalett. Det är där jag borde vara. På knä med detta obekväma skinn mot rumsvarma kakelplattor och handen sluten om en borste, hink eller trasa. Men Noi har inte sagt något. Inte någon annan heller, för den delen. De behandlar mig plötsligt som om jag vore en av dem, vilket gör mig förvirrad och orolig. Är det på grund av Gregg? Det var trots allt han som sa, *"och ta med Soy också"*, när han stormade in på baren förra veckan och vrålade att alla skulle med på en weekend till Pattaya.

Och vad tycker jag om Pattaya egentligen? Det är inte som Bangkok i alla fall, den saken är säker. Jag har faktiskt aldrig sett något liknande tidigare, åtminstone inte när det gäller stadsdelen och bakgatorna vi besökte. Det vill säga nakenheten och allt det öppna, såriga och oläkta som Gregg så vant lotsade oss genom. Jag såg dessutom att han tittade lika mycket på oss som han tittade på showerna, likt han letade efter något. En efterlängtad reaktion kanske, bekräftelsen av att han lyckats trycka på rätt sorts knapp och skulle få skörda rätt sorts frukter senare på kvällen. Knappen blev till på köpet större och rödare ju längre natten fortskred. Först lite topless på en go-go-bar, sedan helnaket på en annan, därefter fullbordade samlag inför gapande män med slafsiga fingrar och slafsiga tungor.

Riktiga, utdragna och ljudliga samlag. Då tittade jag faktiskt, för jag har aldrig tidigare sett hur en kropp – i verkligheten och på nära håll – ser ut när den tar emot en annan kropp. Och trots att jag visste att det satt en fyrtionioårig amerikan i närheten, som inspekterade mig noga medan han visade upp alla dessa mörka rum i Pattaya, så kunde jag inte blunda eller titta åt sidan. Men han tog aldrig på mig. Han visade mig inget intresse alls, med undantag av den där vandrande blicken tillsammans med en konstig snörpning på munnen.

Hans hand valde istället Pat och trots att Pat äcklas av Gregg vakar hon över sitt revir med både kniv och kraft. Vad som händer på andra barer och med andra kvinnor uttalar hon sig inte om, men på vår bar i gränden bakom Silom Road är det hon och ingen annan som *äger* Gregg. Jag förstår även att det är så det måste vara. För om hon inte såg på sig själv som den som tar, så skulle hon inte heller kunna vara den som ger. Gregg går dessutom med på det, trots att det är hans pengar som ligger i hennes plånbok.

Anledningen är ingen annan än att vi befinner oss i gråzonen och där måste det finnas vissa regler. Jag förstår det nu. Jag förstår även att Gregg är i ett lika stort behov av denna gråzon som vi är. Han vill fortfarande, någon gång i framtiden, kunna återvända till sitt kära USA som en drägligt intakt människa och man. För det är ju trots allt i Bangkok vi bor, lever och arbetar och inte i denna av Pattaya pulserande häxkittel av viljelösa kroppar. Av män och kvinnor som gett upp sig själva för att snabbast möjligt täta till hålen som läcker mest.

Vi är turister.

Här och nu i alla fall.

BAAN NONG JAAN

D et är becksvart ute men allt annat än tyst. Medan Moo Daeng tänder en naken glödlampa på en påle utanför ingången till huset och fyller en hink med regnvatten lyssnar han till naturens tjatter.

Det finns röster i det, avlidna släktingars stämmor, vilka flätats samman med vinden. Ett lågmält mumlande som rullar fram över risodlingarna och kittlar honom med den förbjudna insikten om att det finns ett slut på precis allt, och att det ligger närmare till hands än vad man kanske skulle kunna tro.

En tankegång han måste stöta ifrån sig.

Moo Daeng vaskar ansiktet med det kalla vattnet, tvättar sedan armhålorna och framsidan av bröstet. Därefter plockar han upp hinken, tillsammans med en liten spade, och går ut på en angränsande åker för att gräva en grop och tömma tarmen. När han är klar använder han det återstående vattnet i hinken till att tvätta baken och fyller sedan igen det stinkande hålet. Plattar till ännu en liten hög på bakgården som man får undvika till dess att solen och jorden gjort sitt.

Tillbaka vid huset hör han att grannarna har börjat göra hack i nattens väv. Rösterna i vinden sveps bort av en motor som plötsligt brummar igång, vilket följs av hundar som skäller och ett elektriskt knaster ur högtalarna som skruvats fast i elstolparna för att vidarebefordra viktiga offentliga och religiösa meddelanden. Inom tjugo minuter, två hela timmar innan solen går upp, kommer luften att ha ändrat karaktär och ersatt allt det farliga och lockande med det monotonas mardröm. Göromålen som aldrig tar slut, likt en slö kniv som inte lyckas tränga ned till skärbrädan, oavsett hur länge och hårt man karvar.

Moo Daeng står stilla på det översta trappsteget och väntar, lyssnar efter ett slags startsignal, och ett par sekunder senare, i takt med att hundarnas skällande tonar bort, börjar de första tupparna gala. En efter en tills varenda liten viskning skickats tillbaka in i natten i väntan på nästa chans, nästa tillfälle, nästa sårbara öppning mellan skymning och gryning.

Slutligen tittar han in det enda rummet genom skynket för dörröppningen och viskar:

– Jag kommer snart tillbaka.

Noy hör inget, sover fortfarande tungt, medan Oy grymtar till och vänder sig om för att få njuta av de få timmar som är kvar av natten.

Moo Daeng tar tag i faderns gamla skoter istället för den stulna och rullar ut den på vägen innan han startar. Det går först på tionde försöket, och då han kör mot den lilla affären i byn vågar han inte sakta ned i rädsla för att motorn ska stanna. Längs med grusvägen har ljusen tänts i vartannat hus, trots den tidiga timmen, och framme vid affären står redan Mae Kha och rullar kycklingben i kryddat mjöl. På bordet bredvid henne ligger två stora högar friterade degstycken och en massa småpåsar med sojamjölk.

Moo Daeng parkerar skotern, fast utan att stänga av den, och köper sex degknyten och två påsar sojamjölk. Mjölken häller han i en lånad kopp, som han doppar brödet i medan han blickar ut i mörkret och in i fantasierna det väcker till liv.

Om han fick välja skulle solen aldrig gå upp utan sänka ned världen i ett evigt mörker. En tillvaro där man enbart skulle kunna leva på en yta av tio meter åt gången, och då endast tillsammans med de personer som slumpvis dyker upp medan man skuffar denna upplysta sfär framför sig. En beskärning av livet som kanske skulle kunna framhäva det lilla i det stora; vad som ryms i en mättande skål med ris. Ingen stad, inget upplyst shoppingcentrum, inga mynt eller sedlar, inga drömmar, inga falska röster som får en att längta efter allt det där som oundvikligen kommer att lägga krokben för en. Enbart ett par meter ljus ute bland de öde risfälten. Ljus som ibland växer i mötet med andra ljus, men som för det mesta lever ensamma i natten. Flackande lågor som kan brinna ut i lugn och ro, och vilka tillåts att bära med sig födelsens renhet ända fram till döden.

Moo Daeng dricker ur koppen och fiskar upp en av hundralapparna från gårdagen med Noy och Oy och räcker över den till Mae Kha. För växeln på sextio baht köper han två flaskor bensin och häller i dem i den fortfarande puttrande skotern.

Han hinner gasa iväg ett tiotal meter hemåt innan han bromsar in och tittar sig omkring. Fortfarande becksvart. Fastän han inte längre kan höra mörkret, så vet han att det alltjämt finns där, runtom honom, de kittlande viskningarna, vilket gör att han svänger runt i en halvcirkel för att åka mot den asfalterade vägen. Strax innan han kommer fram till huvudleden som skär genom området svänger han av mot den lilla skogen som lämnades kvar när risodlingarna drog fram och tar sikte på en knappt synbar svart fläck i mörkret.

Västerlänningarnas tempel, i skuggan av de väldiga trädkronorna.

Om en dryg timme kommer det att börja dagas, det är bråttom. Moo Daeng gasar på, trots att han knappt kan se det sliriga gruset under sig, och lutar sig framåt med hopknipna ögon för att inte förblindas av knott och flugor. När han kan urskilja de tända lamporna i tempelområdet slår han av framlyktan och parkerar ett par hundra meter längre in i skogen, vid samma gamla uråldriga träd som alltid. Därefter smyger han tillbaka mot den bakre tempelmuren och klättrar uppför en nästan slät stam med hjälp av en läderrem.

När han når de närmaste grenarna svingar han sig upp ytterligare en meter, och hasar sedan ut mot klykan som ligger vilande mot toppen av muren. Den sista metern håller inte för hans vikt och han är tvungen att hoppa. Men han har gjort det så många gånger tidigare att han inte är rädd för att falla. Med ett fast grepp om de smala grenarna som hänger över de låga tinnarna svänger han vant runt med benen och hasar ned på den andra sidan av det sönderfallande murbruket.

Ett första stråk av gult ljus är på väg att uppenbara sig vid horisonten, och om ytterligare tjugo minuter kommer världen att vara just så blottlagd som han avskyr att se den. Å andra sidan kommer denna förhatliga och ständigt återvändande morgon med en bonus som får honom att ligga sömnlös natt efter natt, och som öppnar upp honom för rösterna i det egna bröstet. De som aldrig mumlar utan skriker, och vilka han inte kan göra sig av med, eller stänga av.

Det finns inte mer utrymme mellan muren och den angränsande byggnaden Moo Daeng slunkit ned bakom än att han precis får plats. Lite kraftigare eller tjockare och han skulle fastna på vägen. Den fuktiga jorden suger tag i hans fötter, men det kommer ännu inget vatten från de läckande rören som leder ut ur duschrummet. Tyst och torrt, men inte länge till.

Moo Daeng hasar ett par meter till vänster med handen placerad över den skrovliga väggen. I det trånga utrymmet är det så pass mörkt att han knappt kan se fingrarna framför sig, men till slut finner han sprickan som leder till det centimeterstora kikhålet, och försiktigt sätter han ögat mot den vassa kanten och ställer sig för att vänta. Efter drygt tio minuter anländer den första västerländska kvinnan. Han känner igen henne från trappan där de lekte med skorpionen. Den äldre av dem, hon som avfärdade honom som en oförskämd liten skit, någon man kanske borde rappa över fingrarna eller baken med en böjlig vidja.

Hon tar ett par steg mot mitten av våtutrymmet, sträcker armarna mot taket och gäspar ljudligt, fortsätter sedan till väggen Moo Daeng ställt sig bakom och vrider på kranen för att fylla upp en tunna med vatten. Med ryggen mot Moo Daeng tar hon av sig sarongen och korsar det lilla rummet för att hänga upp den på en krok på ytterdörren.

Hennes bak är stor och rund och besynnerligt blek mot den i övrigt röda och ljusbruna huden. När hon vänder sig om noterar Moo Daeng att huden runt det burriga skötet, samt de stora, hängande brösten, är lika skrikande vita. Framifrån och naken ser hon långt mycket mer ålderstigen ut än sitt sminkade vardagsjag, och fettet som fyllt upp hennes rödvita, spräckliga lemmar, fylliga mage och slängande bröst gör att det ser ut som om hon lider av någon sorts konstiga skinnutslag. En fetlagd äckelkärring som nu ställer sig rakt framför honom, så pass nära väggen att Moo Daeng inte kan se hennes ansikte utan enbart magen, det skrattretande underlivet och de rödflammiga låren. En förfallen kropp utan fötter och huvud, som plötsligt blir glänsande våt av vattnet hon öser över sig själv.

Hon tar fram en tvål ur en liten plastpåse och arbetar upp ett tjockt, vitt lödder över det mångfärgade skinnet. Därefter sköljer hon av sig och drar med händerna över de tjocka lemmarna; liksom masserar benen och armarna under flera minuter som för att få igång blodcirkulationen efter att ha suttit still för länge. Hon masserar även brösten, fast på sidorna av dem, och när hon är klar svänger hon om mot dörren, låter armarna falla mot låren och stelnar till. Hon förblir orörlig under en lång stund; står bara där med huvudet fixerat rakt framåt, bort från Moo Daeng, och andas långsamt och utdraget.

Men så plötsligt ryser hon till, som om hon känt hans blick på sig, tar de få stegen till sarongen och lindar den runt kroppen likt en klänning. När hon öppnar dörren nickar hon mot någon som står utanför och väntar, och in kommer två kvinnor på en och samma gång, vilket får Moo Daeng att föra handen till shortsen. Han drar ned dem en bit över höften och pillar fram sitt kön eftersom han vet vad som väntar. De är i tjugoårsåldern, kanske uppemot trettio, men fortfarande unga i sitt uttryck. På sätt och vis tonåringar.

Moo Daeng har hälsat på dem båda tidigare, och pratat lite med den äldre. De brukar äta på en lokal restaurang där han ibland utför diverse småjobb, som att diska när kocken är sjuk eller åka till marknaden för att köpa något som glömts bort under morgonrundan. Det har inte varit mycket till konversation, ett "what's your name?", "how old are you?" och "do you live around here?" Fler frågor har förekommit, men dem har Moo Daeng inte förstått och därför bara nickat, med blicken i golvet, som han alltid gör när västerlänningarna tilltalar honom.

Den äldre av de två tar av sig sarongen och en första varm våg skjuter fram genom Moo Daeng. Han tittar på hennes bröst, runda och välformade men små i jämförelse med tanten som duschade innan dem, däremot med samma karakteristiskt vita partier runt de mörka bröstvårtorna.

Moo Daeng sänker blicken mot kvinnans sköte och ryser till för en andra gång då han observerar hur fint hon klippt sitt könshår; en knappt centimeterbred dekorativ rand längs med den sfinxlika skåran.

Precis som den rödspräckliga kärringen gjorde ställer hon sig rakt framför Moo Daeng, drygt trettio centimeter ifrån hålet, och sätter på vattnet för att fylla upp badtunnan. När hon vänder sig om för att plocka fram en egen påse med schampo och tvål, öppnas det upp en lucka mot den något yngre kvinnan bakom henne. Även hon är naken nu, men i motsats till alla de andra kvinnorna Moo Daeng sett finns det inga vita fläckar runt hennes bröst, utan hon är jämnt solbränd över hela kroppen. Dessutom har hon rakat bort allt könshår, vartenda litet kamouflerande strå.

En eggande skälvning, långt mycket kraftfullare än de föregående rysningarna, skjuter fram genom honom när han ser den mjuka rundningen mellan hennes ben. För det är inte bara det blottade skinnet som griper tag i honom, utan även det faktum att det är i samma bruna nyans som resten av kroppen.

Ett förbjudet område som solen fått smeka.

Han klämmer åt om sitt kön, men inte för att masturbera, utan för att stoppa utlösningen. Moo Daeng trycker av all kraft för att hålla tillbaka ejakulationen några sekunder till, länge nog för att låta kvinnan fortplanta sig djupare i hans fantasi, men det går inte, och trots att han kramar underdelen av ollonet så hårt att det gör ont kommer han över husväggen i en varm, pumpande stråle. Han vill flämta, och skrika, göra njutningen större genom att involvera mer av sin kropp, men tvingar sig att hålla andan medan det sista av säden sipprar fram.

När han känner att han återigen är i kontroll torkar han av handen mot väggen, drar upp shortsen och blickar på nytt in i badrummet.

De två kvinnorna pratar lågmält med varandra på ett främmande språk som inte är engelska. Han har hört det tidigare, och gillar det. Ett språk fyllt av stavelser utan hårda avslut, strömmande mjukt likt en lugn bäck, och ibland i en form som påminner om rim.

Den något äldre kvinnan med de vita brösten skopar vatten över sig själv för att skölja bort löddret, går sedan till sin sarong och lindar in kroppen på samma sätt som tanten gjorde, medan den yngre – hon som någonstans lagt sig för att sola fullständigt naken – ställer sig framför Moo Daeng och upprepar proceduren. Tre skopor över huvudet, fyra över kroppen och ett över vartdera benet, som hon placerar med fötterna vilande mot kranen. Därefter sjunker hon ned på huk och samtidigt som hon fyller handen med vatten känner Moo Daeng hur hans kön fylls med blod och stelnar som en hård pinne tryckt mot magen.

Då kvinnan särar på blygdläpparna med fingrarna för att tvätta sig i det där mjuka, röda, som omges av allt det där mjuka, bruna, kämpar Moo Daeng med att hålla tillbaka en andra utlösning. Och han tvingar sig att titta bort eftersom han känner att han är på väg att göra något riktigt, riktigt dumt. Men det räcker inte, utan han blundar också, kniper ihop ögonen hårt och lyssnar motvilligt till det lockande skvalpandet.

I sitt huvud ser han hur en blank kropp simmar genom en mörk sjö. De ljusbruna lemmarna trycker det svarta vattnet åt sidan, skapar en ränna som konstigt nog inte sluter sig bakom dem, och upp ifrån det fortfarande öppna djupet sträcker han sin stora hand mot hennes nakna mage.

Det är mer folk ute på tillbakavägen.

Solen har gått upp och djuren förs ut på bete, mestadels kor, men även ett par prestigefyllda vattenbufflar. Inne i byn springer barnen omkring och leker i väntan på skolbussen, och lite längre bort sitter ett par alkoholister på en veranda som tillhör en av de rikare familjerna och inväntar morgonsupen, för att därefter sätta igång med alla de småsysslor som måste göras på gården.

Sedan hela flaskan, om man har tur.

Utanför den lilla affären i mitten av byn är kycklingarna färdiga och trädda på träpinnar för försäljning. Hälften har redan gått åt, nästan alla degknyten också, likaså sojamjölken.

Moo Daeng bromsar in och köper det som är kvar av de friterade brödbitarna, vilket blir ett jämt dussin, tillsammans med två påsar mjölk, som han slänger i framkorgen på skotern. Efter att ha kört ut ur byn gasar han vidare mot deras eget hus längre in bland risfälten, uppfört mellan jordplättarna man slutade att bruka efter att ha hittat giftigt avfall, mark som till och med de fattigaste hade haft råd att köpa.

Det är tomt och stilla när han kommer fram. Noy och Oy har ännu inte stigit upp, trots det sena klockslaget. Moo Daeng tutar tre gånger och slår av motorn. Därefter dukar han fram brödet och mjölken på ett litet hemmasnickrat bord utanför huset och inom kort tittar Noy och Oy fram.

Moo Daeng stirrar på dem en lång stund, säger sedan barskt:

– Om ni inte är klara inom fem minuter så var det sista jävla gången jag tog med mej er till stan!

Orden träffar som projektiler. Med ens blir det ett väldigt liv. De båda springer snabbt ut på åkern med en hink vatten och en spade för att gå på toaletten, återvänder med andan i halsen för att tvätta ansiktena och kamma håret, sliter sedan av sig kläderna och rusar nakna in i huset, för att minuten senare stappla ut med skoluniformerna på: skrynkliga vita blusar, skrynkliga blå kjolar, smutsiga svarta skor.

Moo Daeng pekar på dem och säger:

— Dom där tvättar ni ikväll, okej!

Noy och Oy nickar och spanar lystet mot mjölken och degknytena.

Moo Daeng följer deras intensiva stirrande med blicken, mäter dem, begäret de utstrålar, och inte minst viljestyrkan som stoppar dem från att slänga sig över den ljumma sojamjölken och de nu hårda frityrbitarna, och känner hur det rycker till nere i tarmarna. Det gör ont, något bränner som om han råkat svälja en bit kol, eller kanske mer likt han är på väg att sugas tom av en parasit som sakta men säkert tömmer världen på allt av värde, reducerar hela människoliv till den futtiga summan av lite oljigt vete och ett glas snart sur mjölk.

Moo Daeng tar sig för magen och nickar mot frukosten, vilket får Noy och Oy att slänga sig fram för att roffa åt sig flest bitar, om det nu skulle visa sig att antalet är ojämnt. Men det är det inte; sex var och exakt lika mycket mjölk i två exakt lika stora påsar.

Efter frukosten borstar de tänderna bredvid varandra, alla tre, och hoppar sedan på skotern och kör ut på landsvägen och genom byn, där de andra barnen blivit upplockade av skolbussen. I den tredje byn de passerar ligger skolan. Moo Daeng stannar till precis utanför entrén. De flesta har redan hunnit rada upp sig på skolgården inför nationalsången. När Noy och Oy inser att de måste smyga in framför hela lärar- och elevkåren vägrar de till en början att stiga av.

Men Moo Daeng stirrar stint på dem, och när de ser hans blick sänker de huvudena och lomar iväg mot de andra barnen. Så pass nära varandra, och med så pass synkroniserade rörelser, att det ser ut som om de vuxit samman, sytts ihop längs med armarna och benen till en underlig, månglemmad människospindel. Något fult och elakartat; något det kanske vore bäst att krossa under en hoprullad dagstidning.

Moo Daeng står kvar vid infarten till skolan tills han ser att läraren har uppmärksammat flickorna, och i samma stund som de inledande tonerna till nationalsången sipprar fram ur de skramlande högtalarna lägger Moo Daeng i en växel och rullar ut på gatan.

Han åker samma väg tillbaka, men svänger av strax innan hembyn och kör mot den lilla skogen istället. När han passerar västerlänningarnas tempel känner han hur det suger till nere i magen och de oroliga tarmarna igen. En svindlande känsla, ackompanjerad av fortfarande levande stillbilder i klara färger och med skarpa konturer: bröst, bröstvårtor, hud, mjuka former och mjuka rörelser, ett par ögon som kallar honom till sig, och som böjer knä inför allt det han skulle kunna vara om han bara fick ta vad som vilar mellan alla dessa särade ben.

Han kniper ihop ögonen hårt och räknar till fem. När han öppnar dem är han tvungen att gira snabbt till höger och in mot körbanan för att inte ramma ett träd. Han tänker: *jag kunde ha kört ihjäl mej där.* Och så tänker han på det igen, sin eventuella död, samt konsekvenserna av den. Allt det fruktansvärda som då ofrånkomligen skulle hända Noy och Oy. De skeva liven de skulle tvingas in i, och brytas ned av.

Men det är svårare idag. Av någon anledning sjunker det glödande kolet i magen, och parasiten som girigt suger i sig allt det Moo Daeng behöver för att kunna stå fast på jorden, inte undan av insikten att lillasystrarnas liv är avhängigt hans. Att maten på bordet och kläderna på deras kroppar kräver att han fortsätter, lever vidare, kämpar på och gör vad det nu än är han måste göra, trots att han så väldigt gärna skulle vilja blunda ett par sekunder till. Bara två eller tre, för det var ju allt som hade behövts. Några utdragna ögonblick till och all denna kamp skulle vara över.

Inget mer av någonting överhuvudtaget.

Och med ens är han framme. Två kilometer som försvunnit i känslan av att ha offrats för något han inte ens förstår sig på.

Moo Daeng parkerar bredvid ett tiotal andra skotrar och går mot de två utomhusringarna. Han är sist idag igen. Träningspasset är redan i full gång och Moo Daeng drar av sig T-shirten och ställer sig längst ut i ledet. Tränaren ignorerar honom, de andra eleverna ignorerar honom. Ingen vill veta av en person som inte tar sin egen framgång på allvar.

Tempot höjs, benböj och framåtsparkar, sedan stretching, armhävningar och situps, vilket följs av jogging runt ringen och ytterligare ett antal armhävningar och situps. Därefter paras de ihop. Moo Daeng hamnar som vanligt med de äldre killarna, eftersom de i hans egen ålder inte förmår uppbåda kraft nog att mäta sig med honom. De övar slagkombinationer, sedan grepptekniker och svepningar, följt av låga och midjehöga sparkar och nya kombinationer, som denna gång involverar både knän och armbågar.

Första delen av passet avslutas med fler armhävningar och situps.

Under dryckespausen får Moo Daeng magkramp. Det finns ingen energi kvar att ta av, och när sparringen börjar kommer han på sig själv med att tänka på mat i alla möjliga former och färger. Tycker sig till och med kunna känna lukten av det: stekt nötkött, klibbigt ris, halstrade hönor, stora bakelser, fläsk på pinnar, friterade bananer. Det känns som om armarna och benen fyllts med gelé. Eller kanske snarare som om all stomme tagits bort, likt hans skelett lösts upp i blodet, vilket får hans slag att likna tafatta smekningar utan någon som helst kraft.

Moo Daeng skickar iväg ännu en verkningslös armbåge, som motståndaren enkelt undviker genom att ta ett steg åt sidan, för att sedan sparka mot revbenen Moo Daeng blottar genom sin slappa kroppshållning. Det känns som om något knäcks, trots att så inte kan vara fallet. För om någon knäckte hans revben på träningen, bara veckor innan nästa stora turnering, skulle han åka ut med huvudet före. Det är inte bara sitt eget namn Moo Daeng bär med sig upp i ringen, utan även klubbens.

Det gör likväl ont, och det onda är skönt. Något man kan svepa om sig likt en taggig och trygg filt.

Moo Daeng tar ett steg åt sidan och anfaller med en halvhjärtad slagserie som motståndaren enkelt duckar undan, för att sedan kontra med en egen kombination, som Moo Daeng ser komma i slowmotion. Slagen signaleras långt i förväg, men Moo Daeng spänner bara nackmusklerna och flyttar fram huvudet ett par centimeter för att ta emot smällarna i full kraft.

Det blixtrar till i skallen på honom när de tunna boxningshandskarna landar på den övre delen av hans vänstra kind och strax under det högra ögat. En smärtsam flamma som kryper inåt, mot bilderna han ständigt bär med sig, de som skapats av hungern och föraktet. Av att alltid vara tvungen att underordna sig.

Och så ännu en attack, som Moo Daeng återigen rör sig mot för att få uppleva slagets odelade styrka. Det tar över ena örat, en armbåge, och blixten och flamman ackompanjeras av en dov åskknall, likt fyrverkeripjäser som smällts av i en låda full med skumgummi.

Moo Daeng hinner knappt reagera innan nästa attack inleds, med en spark denna gång. För farlig för att möta med ansiktet, så Moo Daeng parerar med överarmen istället, vilket får honom att ta ett par stapplande steg åt sidan. Den äldre killen följer omedelbart efter, taggad av det oväntade övertaget, oförstående inför rollen han tilldelats.

Moo Daeng stirrar honom stint i ögonen och släpper resten av kroppen, ignorerar musklernas sammandragningar och de anatomiska ledtrådarna, alla dessa spänningar runt axlarna som visar om höger eller vänster sida kommer att röra sig först, vibrationerna omkring thorax som på mikrosekunder avslöjar exakta banor eftersom kroppens kulleder verkar under orubbliga lagar. För nu vill han se den andres blick, vad som finns i den, och inte minst reflektionen av sig själv.

Den äldre killen hajar till under bråkdelen av en sekund, liksom orolig och förvånad på en och samma gång, vilket får Moo Daeng att anfalla med högra armbågen. Och han tar i

83

från fötterna, höften och axeln, applicerar allt han har eftersom bilden han rör sig mot är den av honom själv stående på alla fyra likt en smutsig och undergiven hund.

Han känner hur underarmen trycker sönder killens näsa, pulveriserar den till en blodig, oformlig massa som täcker för de nedlåtande blickarna som följer honom överallt. Motståndaren faller baklänges, medvetslös redan innan han träffar golvet. Huvudet hamnar på sidan och benen och armarna sticker ut som på en sönderpressad insekt.

Det rycker i kroppen på det fläckiga golvet. En strömförande våg som sköljer upp från den växande blodpölen under huvudet och in i Moo Daeng. Han kan rent fysiskt känna skälvningen medan den binder dem samman, den stående och den liggande, för att skapa ett band in i framtiden, mot kommande möten med människor med snarlika blickar och tankar.

Någon skriker, sedan börjar fler skrika. Moo Daeng känner hur folk rycker tag i honom, och medan han släpas ut ur ringen tittar han nöjt på blodet som droppar ned på den dammiga marken.

Det otvetydiga resultatet av att vägra att se honom för den han är, och för vad han vill bli.

MÅNDAG DEN 14 JULI

Noi tittar på mig från bakom bardisken. Hon står och pratar med en ung man och han följer hennes blick för att granska mig inträngande där jag kommer gående med skurhinken.

Klockan är fortfarande lite och det är några timmar kvar till att stamgästerna dyker upp, för att inte nämna turisterna. Men den där unga mannen är ingen turist, och ingen stamgäst heller. Han är engelsklärare, det är jag villig att sätta min lön på. Svarta slacks, kortärmad vit skjorta, uppknuten gul slips. Fortfarande nyrakad och med pengar på fickan för att spendera på den kanske enda riktiga lasten han har: barflickor.

Med andra ord prostituerade som inte är prostituerade. Men det får man inte säga högt. Ingen vill bli kallad prostituerad, särskilt inte en barflicka. En barflicka är en professionell flickvän och ingenting annat. Jo, förresten, en professionell flickvän som dessutom kan bli en professionell hustru. Och då helst en hustru som lever i ett distansförhållande med en make som skickar en liten peng varje månad för att försäkra sig om sin unga hustrus trohet.

Denna engelsklärare kommer däremot aldrig att bli en professionell hustrus vita make. Kanske inte ens pojkvän. Han har varit här för länge och kan spelreglerna. Dessutom pratar han nog lite thai, för många av dem gör det. Jag har hört dem medan jag plockat flaskorna av borden. Ibland bara ett par ostadiga ord, vid andra tillfällen nästan flytande med korrekta toner och allt.

När jag slinker förbi Noi och den unga killen tittar de på mig igen och jag vet inte vad jag ska tycka om det. Jag vill att folk ska titta på mig, men jag vill ju även att de ska titta på mig *på rätt sätt*. Å andra sidan är jag inte riktigt säker på vad jag menar med *på rätt sätt*. Kärleksfullt kanske? Nej, det stämmer inte, utan vad jag vill ha är respekt. Folk som nickar uppskattande, erkännande och tacksamt för att jag gör ett bra jobb utan att någonsin klaga.

Det räcker i och för sig inte. Om jag ska vara fullständigt ärlig så vill jag nog att folk ska titta på mig med värme i blicken, vilket däremot inte betyder medlidande. All form av sliskig sympati gör mig kräkfärdig. Gregg tittar på mig med medlidande i blicken, jag har märkt det, och denna kletiga känsla får mig att undra vad det är i mitt liv som väcker hans så förbannat plågade uttryck. Det kan inte handla om vad jag gör eftersom det är inget i jämförelse med vad kvinnorna han släpar med sig hem måste göra. Alltså måste det handla om hur jag ser ut.

Det är i alla fall det jag har börjat tro.

Han tittar medlidsamt på mig för att jag är ful som en hund, ful som en kossa, ful som en smutsig och stinkande vattenbuffel, vilket ju självklart inte stämmer. Men så är det med tankar och känslor och inte minst med hur de förvaltas av den där förrädiska grå klumpen bakom pannbenet. Allt ommodelleras och just därför misstror jag varenda fundering eller slutsats min hjärna formar eller drar. Dessutom tar jag över Greggs blick för att fylla den med sådant som passar mitt självförakt bäst och det jag avskyr mest hos mig själv är hur väldigt mörk och synbart lortig jag blivit av solen.

Det är det folk ser när de tittar på mig. En svart liten skit som borde ha lämnats kvar i myllan och gödseln. Någon som stinker av fattigdom, som stinker av dumhet, som stinker av obegåvning, som stinker av allt det där man själv vill och behöver hålla på avstånd. Vattenbuffel. Och just därför dröjer jag lite extra vid denna unga engelsklärares ögon, för sättet han tittar på mig är nytt. Så pass nytt att jag inte hinner omvandla det till en vass kniv att sticka i mitt eget bröst. Det är inte Greggs eller de kåta turisternas blick, inte heller är det de patetiska fyllonas blick, utan det är en blick fylld av nyfikenhet.

Ja, det var rätt ord. Jag dras mot hans ögon för att de är nyfikna och ovanligt vakna. Dessa nyfikna och vakna ögon mäter mig dessutom på ett sätt som gör att det känns som om han faktiskt skulle vilja lära känna denna mörka lilla bonde i smutsfläckat förkläde. Men så minns jag med ens att hans blick dirigerades till mig av Noi. Och Nois finger rör sig aldrig i några andra banor än de som kan generera personlig vinning. Hennes finger är kallt, hårt, självviskt, utan känsel och kan tryckas genom betongväggar om det krävs. Jag utgör i och för sig ingen vägg i hennes liv. Jag är en Ingen här. En möbel bara. En person med ett bestämt antal sysslor, där det bestämda antalet sysslor har blivit personen man umgås med.

Tills idag, tydligen. Hennes finger har landat på mig, tillsammans med en ung engelsklärares blick, och i hans ögon vilar ett slags nyfikenhet som jag känner att jag tycker om och just därför borde akta mig för.

. . .

. . .

Klockan är två på dagen och för ovanlighetens skull står det ett västerländskt par vid biljardbordet. Hon en av få västerländska kvinnor som dyker upp här. Paret tillhör stamgästerna, fast utan att någonsin bli stamgäster på något annat sätt än att de kommer för att ta en drink eller två, prata lite strunt med Pat, Nat, Pom eller någon annan bakom bardisken och spela ett par partier biljard. Fast då alltid på för- eller eftermiddagen medan kvarteret fortfarande är någorlunda städat och lugnt.

Jag tror att det var biljardbordet som gjorde att de dök upp den där första gången. Det är helt nytt med en skimrande grön matta som man kan se från gatan och om man bara beställer något att dricka är det helt gratis, vilket lett till att vi ibland får gäster som vanligtvis inte besöker barer i vårt område. Vi tillhör å andra sidan inte de sämsta i distriktet. De finns områden som är långt mycket billigare och otrevligare än vårt lilla hörn av kvarteret.

Jag brukar tänka att vi är en nästan ny Honda eller Toyota, det vill säga något bra men ändå ganska billigt. Längre in bland gränderna finns det äldre begagnade Hondor och Toyotor och i de mörkaste vrårna av Patpong står bilvraken. De man ger bort för att slippa skrotningsavgiften. Vår Honda är absolut inte ny, men sätena är fortfarande fina, radion och luftkonditioneringen funkar alldeles utmärkt och lacken blänker på avstånd.

Jag gillar att tänka på det här sättet. Jag gillar att skapa bilder för att spegla verkligheten och genom dessa porträtt se saker jag annars inte skulle ha lagt märke till. När jag tänker att vi sitter i en knappt begagnad Honda känns det dessutom lite bättre. Liknelsen avlägsnar allt söndrande tvivel, för bilden jag monterat samman backas upp av verkligheten. Allt jag behöver göra är att titta på paret som just nu står och spelar biljard vid vårt nya bord med den fina, gröna mattan. Två välklädda och städade västerlänningar i trettioårsåldern. Folk som dricker i lagom doser, fimpar i askkoppar och skrattar utan att låta elaka. Två välmående långtidsturister som inte skulle tycka om att tillbringa ett par timmar på ett ställe där det finns hål i den nedre delen av bardisken så att kunderna kan bli avsugna medan de dricker öl och pratar med sina kompisar.

För det finns faktiskt sådana barer. Det finns barer i de mörkare hörnen av vårt kvarter där kvinnor lever på knäna, där kvinnor sitter på huk under en bardisk och går från kön till kön för att suga och som inte tänker på vad de suger i sig eftersom deras blod är redan fullt av en massa andra smutsiga substanser. Jag vet att de finns, trots att jag inte sett dem, för jag har hört turisterna prata om dem. Ingen annan pratar om dem. För ingen jobbar där. Ingen har någonsin jobbat där. Ingen kommer någonsin att jobba där. Och ändå så finns de.

Men i vår bar står det som sagt ett nytt biljardbord, vilket gör att vi fortfarande flyter runt på ytan. Här behöver man inte sjunka på det där skrämmande viset som man gör på andra ställen och i andra barer. Då man fastnar i dyn på botten och omöjligen kan ta sig upp. Och allt jag behöver göra för att stötta denna tro är att titta på paret som nu gått från att spela biljard till att prata med Pat och Pom som om de vore gamla vänner. De är mina talismaner, särskilt kvinnan med de beige bomullsbyxorna och den ljusblå, luftiga blusen. Genom sin närvaro visar hon mig att det ännu finns tid att vända om och göra något annat. Och just därför hatar jag henne.

Ja, jag hatar henne för att hon får mig att skämmas över valen jag gjort. Jag vill skrika i hennes ansikte att hon inte har rätt att tänka något överhuvudtaget om mig förrän hon känner till *allt* om min barndom. Med andra ord denna kvävande frånvaro av alternativ. Hur det klumpar sig i bröstet när ljuset försvinner och allt blir mörkt och färglöst. Då världen träder in i en evig upprepning av något som egentligen aldrig borde ha påbörjats. Hon är en sminkad kopia av en riktig människa som lever i den falska tron att hon kan mäta sig med en kvinna som är villig att hugga fingrarna av handen som föder en.

Ja, jag älskar Noi eftersom hon är svaret jag själv inte vågar formulera med min röst. Däremot är jag modig nog för att pilla i mina tankar, känslor och åsikter genom skrivna ord. Vad som händer inuti i mig när jag slår upp dagboken är nervkittlande och läskigt, särskilt när jag skriver utan att tänka. Det finns så mycket som jag aldrig skulle ha klottrat ned om jag först stannat upp och inspekterat mina tankar. Ja, utanför denna dagbok censurerar jag ständigt mig själv. Det sitter ett fluffigt filter över min blick med uppgift att göra allt mer tillrättalagt. Världen så som ren yta. Det vill säga ett liv som består av kläderna jag har på mig, och av kläderna Pom har på sig, och av kläderna Nat och alla de andra har på sig. Och av Bois makeup, och av Boos makeup, och av Pims och alla de andras makeup. Och av vad Lek gjorde igår, och av vad Nui gjorde igår, och av vad Pat och alla de andra gjorde igår. Ett evigt småtjafsande som fyller ut varenda liten kubikcentimeter luft i baren. Nonsens som inte leder någonstans. Nonsens som inte *får* leda någonstans. Nonsens som antar utseendet av sanningar.

Jag tittar på Gregg och skriver att han är vacker. Jag vet dessutom att jag aldrig någonsin skulle skriva att Gregg var vacker om jag faktiskt frågade mig själv vad jag egentligen tycker om Gregg. Då skulle jag istället ha skrivit att han är ett svin, ett äckel, en jävla alkoholist som utnyttjar det faktum att han är rik och att andra är fattiga. Någon som förtjänar att rispas blodig och ställas naken inför världen.

Trots att detta är sant och riktigt, alltså summan av Greggs alla negativa karaktärsdrag, stämmer det ändå inte fullt ut med den djupare versionen av verkligheten eftersom något fått mig att även använda ordet *vacker*. Det är just denna underliga avvikelse som gör skrivandet så fascinerande; en sorts omedveten ärlighet som går i strid med allt det till ytan självklara. Det är därför jag är så fixerad vid Noi och hennes dagbok, för mellan de hårda pärmarna vilar ett liv som helt enkelt måste innehålla så mycket mer än ett listande av dagens alla händelser och snedsteg.

Jag är säker på det. Hon gräver lika djupt i sig själv som jag gör och ibland ligger denna dagbok och skräpar bredvid kassan. Inte bortglömd utan i väntan på att hon ska hitta en lucka i sitt hektiska schema av att egentligen inte göra någonting alls.

Jag fattar inte att hon vågar. Å andra sidan inser Noi att ingen av oss skulle ha mod nog att riskera ett möte med det kalla hatet hon bär med sig och som bland annat visat sig genom en svingande kökskniv och tre avhuggna, vita fingrar.

Jag tror emellertid att jag skulle våga. För det är ju som om den försöker tala till mig. Jag liksom hör en svag röst från de hoptryckta sidorna, ja, ett slags viskande. Eller kanske snarare nynnande. En stämma fylld av sanningar som enbart kan träda fram i hemlighet när ingen ser eller hör. För lyssnar fel sorts människor lider det äkta risken att dö och då alltid sakta, förnedrande och offentligt.

Det finns många som finner njutning i att krossa och trycka ned och det lättaste sättet att göra det på är att skapa tvivel. Så ett sjukt frö som får blomma ut i vissna kronblad som kväver alla större drömmar och pressar in allt man är och vill vara i en sakta förmultnande kokong. Jag ser det överallt omkring mig: människor som befinner sig i olika stadier av förruttnelse men som ändå fortgår att leva som om inget hänt, trots att de känner stanken från sina egna sönderfallande lemmar. Vandrande, tänkande kött som svullnat upp likt en kropp som flutit runt i Chao Phraya-floden i en vecka. Något alla sett från båten, men ingen brytt sig om att anmäla.

Jag vill inte svullna upp. Jag vill inte ruttna. Jag vill inte sålla ord för att göra verkligheten mindre vass. Jag vill inte höra att mina drömmar är löjliga. Jag vill inte tro att min framtid är ett skämt. Jag vill inte tvingas att acceptera rösten som vägrar att låta mig vara något annat än en outbildad, fattig, lortig, skrattretande och sönderbränd flickunge i en vuxen kvinnas kropp.

Mina ord är stora och motsägelsefulla, jag ser det nu när

jag läser dem, men jag tänker inte gå tillbaka och ändra något eftersom allt jag skrivit, vartenda litet ologiskt korn, har fötts ur en mun som är min egen, trots det främmande tonfallet. Och framför mig ligger själva inkörsporten till denna konstiga och jobbiga fördämning av tankar och känslor. Nois dagbok.

Den vilar bredvid min smala hand, som i just detta ögonblick för pennan över pappret i min egen dagbok, och jag höjer huvudet från bakom kassan och tittar ut över den lilla lokalen. Ser Pat stå vid ingången, som egentligen inte är en ingång utan helt enkelt hela den öppna framsidan. Hon tittar mot folket som passerar mellan vår lilla gränd och det större marknadsstråket längs med gågatan genom Patpong mot skytrainstationen Sala Daeng på Silom Road.

Det biljardspelande paret har gått och det sitter enbart en ensam gäst vid våra sex bord. Han sitter där för att bli lämnad i fred medan han dricker bort baksmällan som han kämpat mot sedan i morse. Jag kan se denna baksmälla i hans darrande hand som för flaskan till munnen. Han tillhör dessa halvalkoholister som behöver dricka sig normala innan de kan umgås med folk igen. Och dessa halvalkoholister kommer i alla möjliga former och storlekar: gamla män och unga män, män som är gifta och män som är singlar, män med barn och män utan barn.

De alla vaknar dock i ett och samma hotellrum, ansatta av samma groende abstinens, och för att inte avslöja hur långt det gått säger de till sina fruar och älskarinnor, till sina vänner och barn, att de bara ska gå ut och köpa något litet på 7-eleven. Det är allt, en halvtimme max, som självklart kan bli en timme utan att någon hinner reagera. Och så slinker de in här, eller på någon snarlik bar i gråzonen. Ställen med överdrivet tillmötesgående servitriser, men där all fysisk kontakt måste vara godkänd av samtliga parter. En bar där man kan få vara en ensam ö i ett vidsträckt hav medan man dricker två eller tre snabba öl, för att sedan skynda tillbaka till hotellet för att prata och skämta med sin partner eller fru utan att avslöja hur djupt man egentligen fallit.

Och denna turist är en *tre-öl-person*. Två räcker inte längre, jag ser det, för jag har sett det så många gånger tidigare. Den första stillar de värsta skakningarna, den andra lugnar ned magen och krampen, men det är först den tredje som påverkar själva humöret och gör även denna dag till en dag värd att leva.

Fast om bara ett eller två år kommer det att behövas fler än tre öl. Och om ytterligare ett eller två år så kommer han inte ens att lämna hotellrummet för att stötta det obefintligt lilla som finns kvar av fasaden. Kvinnan som ligger i hans säng är inte heller den han en gång gifte sig med utan från under täcket kommer Boo, Nat eller kanske Pom att titta fram. De kommer dessutom att glatt räcka honom whiskyflaskan han ställt på golvet för att kunna fylla på så snart han vaknat.

Men inte än. Inte idag. Inte på denna resa. Och det är därför Pat fortfarande står lutad mot en av sidopelarna och granskar folket som passerar. Enbart vi tre på hela baren, i ett litet tag till. Och så Nois dagbok, så klart.

Min hand rör sig mot den medan jag granskar de sex borden och den öppna framsidan. En sådan liten rörelse som skulle betyda så mycket. Nois ord. Dagboken lockar lika mycket som ölen lockar denna man. Jag vill så innerligt läsa vad hon sitter och skriver på hela tiden. Jag förstår även varför: det är mig hon skriver om. Fast då självklart inte lilla brunbrända Supichaya eller tillbakadragna Soy med det smutsiga förklädet utan den jag är i egenskap av min bakgrund och varför denna bakgrund vägrar att lämna mig ifred.

Hon skriver om mig för det finns ingen annan hon kan skriva om. Jag är allt hon känner. Och jag vill så väldigt gärna möta denna främmande släkting som håller på att skissas fram.

…

…

Mina tankar är på väg att trassla in sig något fasligt och av den anledningen – och enbart den anledningen – flyttar jag bort handen från Nois dagbok och lägger den över mina egna fullklottrade sidor. Nästan rakt ovanpå meningen jag just nu skriver. När jag höjer armen och tittar på orden som följt handlovens konturer på pappret tänker jag att detta svarta anteckningsblock kanske var ett misstag. För det känns ju som om jag är på väg att tappa bort mig själv och bli någon annan. En person som i slutändan kommer att ta ett riktigt, riktigt, riktigt dåligt beslut.

Jag behöver något hårt, handfast och tydligt för att stadga mina sönderfallande tankar och där sitter han ju, turisten med sin tomma ölflaska. Han som alltid dyker upp mellan klockan tio och tre men vars ansikte ändrar sig från dag till dag. Denna gång är det ett tämligen mörkt ansikte. En sydeuropé, gissar jag. Ganska kort och med fina kläder för att vara strandkläder. Han ser ut att vara uppemot femtio år gammal, trots att han antagligen inte är en dag över trettiofem, vilket har med hans slappa, hängiga och djupt insjunkna ansikte att göra.

Men det är på väg att ändra sig. Hans andra öl har nästan tagit sig hela vägen ut i blodet och när som helst kommer han att rikta upp blicken och titta lite mer nyfiket omkring sig. Sedan kommer han att fästa den på mig, höja den tomma flaskan och säga leende: "En till, tack."

Jag ställer mig för att vänta och strax efter att jag vänt Nois dagbok ryggen rätar han ut sig själv i stolen. Han ser att jag har sett honom och som på beställning höjer han flaskan, ler och säger: "En till, tack."

"Samma?" frågar jag.

"Samma."

Jag plockar upp en Chang. "Vill du ha is också?"

"Nej tack", svarar han samtidigt som leendet blir större.

Han tycker att det är konstigt att lägga is i ölen och kommer antagligen att nämna det. Efter att jag ställt ned flaskan på bordet rapar han som förväntat ur sig likt en förprogrammerad robot: "Jag förstår mig faktiskt inte på era dryckesvanor."

Jag rycker bara på axlarna och då frågar han till min förvåning: "Vill du ha en?"

"Ha en vadå?".

"En öl", säger han och nickar inbjudande mot stolen mittemot sig.

Jag sneglar mot Pat, som nyfiket tittar tillbaka eftersom hon hört allt. Jag förväntar mig att hon ska komma trippande mot bordet för att erbjuda sitt sällskap, men konstigt nog knuffar hon istället mig mot den lediga stolen med sina hårt sminkade ögon. Ja, hon tvingar ned mig framför denna skakande sydeuropé och trycker in tre skälvande ord i min mun som jag inte ens visste om att jag kunde uttala *"Ja... varför... inte...".*

BAAN NONG JAAN

Noy och Oy sitter på kärran Moo Daeng drar efter sig. Tre meter lång och en meter bred med två störar som knutits samman med det lilla gallret, vilket höjer sig över träplankorna som formar det rangliga ekipagets underrede. Mot deras alldeles egna hemlighet: ett oräkneligt antal träd som blåst omkull mitt i det lilla som finns kvar av skogen bortom tempelområdet.

Moo Daeng minns hur han första gången tyckt att rötterna stuckit upp i luften likt kapitulerande händer, likt de ville räcka över ett slags fredsgåva, och där hade inte bara funnits hundratals med stammar som rivits sönder av monsunen, utan även tusentals med kvistar och smågrenar som inte behövde huggas upp överhuvudtaget.

Noy och Oy sjunger en sång som de tränat på i skolan, något om olika frukter, där varje frukt motsvarar ett danssteg. De försöker sig på hela repertoaren i vagnen, får den att skaka, och nästan tippa över ända. De grova störarna Moo Daeng placerat under armarna skär in i huden av stötarna som uppkommer. Det gör ont, men han säger inget, eftersom han inte vill avbryta leken eller tränga in i deras för en gångs skull mjuka flöde med en argsint svordom eller hotelse. Flickornas röster är smått hysteriska, och stegras ytterligare av upptäckten att han inte stoppar dem. Vagnen svänger fram och tillbaka medan de står upp med händerna i det låga gallerräcket och rullar på höfterna samtidigt som de sjunger för fulla lungor.

När de tröttat ut sig själva sjunker de ned på huk, men fortsätter att gnola med låga stämmor, viskar och gäspar om vartannat med armarna om varandras axlar. Ett par hundra meter längre fram är de tvungna att hoppa av och hjälpa till med att bära hela ekipaget över ett högt buskage, för att sedan fortsätta längs med en provisorisk stig Moo Daeng huggit upp med macheten – om han hade huggit upp spåret ända fram till grusvägen skulle fler ha hittat den lilla guldgruvan av torrt virke.

Idag fastnar emellertid underredet i de yviga buskarna och Moo Daeng blir tvungen att kapa av ett par kvistar, fast han gör det ojämnt, så att det inte ska finnas några raka ledtrådar i vegetationen. Därefter placerar de vagnen på den lilla stigen, det är precis så att den får plats, och börjar forcera den tätvuxna skogen i en spiralliknande rörelse. Sträckan är inte mer än ett par hundra meter, men på grund av kärrans storlek måste de slingra sig fram mellan de få träd som står tillräckligt glest, vilket skapar en bana som ibland faller tillbaka flera meter innan de kan avancera framåt igen.

Efter drygt tjugo minuter har de slutligen nått målet.

Gläntan är ingen riktig glänta utan mer ett slagfält. Träd ligger huller om buller om varandra likt ett rutnät som kollapsat, och eftersom kronorna inte längre skymmer solen gnistrar det vackert bland de fuktiga löven, som om någon försökt att försköna den kaotiska platsen med skimrande paljetter – för mindre än en timme sedan hade det emellertid knappt gått att se foten framför sig. Siluetten av träd, som vuxit i takt med att de närmade sig gömstället, hade framstått som en mur i det kompakta mörkret. Något orubbligt, ogästvänligt och avvisande som fått Moo Daeng att le och lillasystrarna att blunda.

Noy och Oy hoppar av och börjar samla på sig meterlånga kvistar, som de binder samman med torkade palmblad, medan Moo Daeng går på jakt efter större, redan avbrutna stycken eftersom macheten inte kan ta sig igenom solida stammar. Dessutom orkar han inte med något tyngre arbete på tom mage. Det går helt enkelt inte, och han vet det.

Efter en dryg timme är de klara och börjar putta vagnen tillbaka mot vägen längs den ringlande stigen. Vid buskaget har de haft för vana att lasta om för att kunna lyfta över kärran, men det bränner i magen på Moo Daeng. Hungern och utmattningen är som ett frätande klot i hans kropp, syra som sipprar ut i blodet och vidare in i armarna och benen, tömmer honom på det lilla av kraft och vilja som finns kvar. Och tystnaden som svept in Noy och Oy skvallrar om samma sorts matthet, samma sorts urlakande av styrka, samma sorts brist på ork och förväntan.

De tittar på varandra, och sedan på buskarna som löper utmed vägen likt ett ogenomträngligt staket. De kan varken röra sig åt vänster eller höger med vagnen, enbart bakåt på stigen de kommit från, eller över och genom buskaget. Tjugo minuters extra jobb.

Moo Daeng känner hungern som en serie slag i magen, fast inifrån buken, som om något levande vill ta sig ut. En varelse som ätit upp allt han kan bidra med och som nu behöver hitta en ny medgörlig, undergiven och passiv värd. Bilden är inte heller drömlik eller overklig, utan Moo Daeng ser ett faktiskt hål i mitten av sin överkropp. Ett svart ingenting utan kanter, botten eller gränser som kryper utåt likt en hungrig parasit med stor käft.

Han tittar igen på Noy och Oy, som verkar ha trillat ned i hålet han själv känner växa inom sig, försvunnit i mörkret utan gränser, och förstår att tårarna kommer snart. Han avskyr den återkommande håglösheten han ser i deras smutsiga ansikten. Två små elvaåringar vars inre glöd med jämna mellanrum falnar till ett dött ingenting. Människoslask. Det som finns kvar efter att allt av värde har sållats bort eller tagits av andra.

Moo Daeng plockar fram macheten och börjar arbete sig fram genom buskaget, slår vilt omkring sig och hugger upp en smal gång på mindre än ett par minuter. Sedan kliver han ut på grusvägen och fångar tag i störarna, säger åt Noy och Oy att putta på bakifrån, och med ens är de uppe ur diket och på väg hem för att tända en brasa så att de kan koka ris och steka gnagarna de fångade kvällen innan.

Noy och Oy turas om att sitta i kärran. De är fortfarande tysta, varken dansar eller sjunger, och sneglar oroligt mot Moo Daeng. De känner att något inte står rätt till. Han är för tyst, och sammanbiten, mer än vanligt, och på ett annat sätt. Det pyr om honom på sätt och vis, som om värmen han innehåller lämnar hans huvud och axlar i synliga stråk av vibrerande dis, likt det man kan se på bilvägen mot stan, hur asfalten liksom buktar sig på avstånd och flödar fram i skepnad av en svartfärgad våg.

När de slutligen tänder brasan har klockan redan passerat nio på morgonen.

Moo Daeng sätter en stor kastrull med vatten på eldstaden och spänner fast gnagarna på ett halvmeterbrett galler medan Noy och Oy springer iväg för att plocka lite vildvuxna grönsaker till den färdiga chiliröran av fermenterad fisk. Då de kommer tillbaka har lukten av grillat kött fyllt atmosfären och får det att vattnas i munnen på dem, men de stormar ändå inte fram för att börja tigga om de största bitarna. För Moo Daeng, den stränga men aldrig kompromisslösa uppfostraren – skämtaren med hårda nävar – har ännu inte återvänt. Storebror finns inte i kroppen som står vid grytan, i handen som vänder på grillgallret, i ögonen som stirrar blint framför sig.

Den unga mannen framför dem är till och med lite suddig, som om han vore på väg att förflyktigas till ett spöke.

Den sista biten väljer han att gå till fots.

Den lite äldre killen släpper av honom tre kilometer utanför stan och fortsätter sedan på sin skoter mot internetkaféerna. Moo Daeng ser sig om, väntar tills synfältet är helt fritt från bilar, kliver därpå ut bland risfälten och börja vandra framåt mellan de uppodlade kvadraterna. Efter dryga kilometern rakt inåt landet viker han höger mot staden igen. Han ser inte bilvägen längre, bara de gröna fälten runtom sig, de svajande grödorna. Det är fortfarande tomt på folk. Ett par veckor kvar till dess att årets första skördesäsong startar, tidpunkten då alla söner och döttrar återvänder från Bangkok för att under ett par hektiska veckor samla familjen under ett gemensamt och överbryggande syfte: inkomst.

Men Moo Daeng hatar risfält. Och Moo Daeng hatar män med stora ägor, män med makt, män som kan bestämma värdet av ett mänskligt liv. Han tänker att han skulle vilja tända eld på hela högplatån, se den brinna, för att sedan kasta sig in bland flammorna och stiga mot himlen i form av en slingrande svart orm vars gap kan omsluta varenda liten by, varenda liten röst, varenda liten sjukligt böjd kropp.

Huset Moo Daeng är på väg till dyker slutligen upp och sätter punkt för dagdrömmandet. Det är det största i området, och det kanske mest välbevakade. Den höga muren som byggts runt trevåningsvillan är dock öppen baktill för att underlätta åtkomsten med större maskiner och Moo Daeng pausar vid stolparna av den enorma grinden som markerar övergången från odlad jord till trädgård för att inspektera den välskötta tomten.

Hundarna som stryker omkring närmare villan har ännu inte fått upp vittringen eftersom vinden ligger på åt fel håll. Men de kommer ändå inte att attackera. Moo Daeng, de två soi-hundarna och den renrasiga jätten från Europa eller Amerika känner varandra vid det här laget.

Moo Daeng fällde en gång en lika stor hund med ett ensamt knytnävsslag och blev förvånad över den snarlika effekten träffen hade med vad som hände när man slog en människa med samma kraft.

En ren knock.

Hunden hade kommit utrusande från ett hus längs med vägen mot skolan när Moo Daeng en dag hämtat Noy och Oy för sent, och utan skoter. Skymningen hade redan sänkt sig över byn, vilket fått de slapphänta byrackorna att förvandlas till blodtörstiga vakthundar, beredda att bita allt och alla som kom för nära. Vid vissa hus gick det inte ens att passera, trots att man promenerade i mitten av gatan. De var helt enkelt för aggressiva, respektlösa och orädda. Och en av dessa hundar hade kommit flygande rakt mot Noy.

Två meter ifrån dem hade den tagit ett väldigt skutt med vitt uppspärrade käkar, redo att slita av henne ansiktet, men Moo Daeng hann före med en näve rakt över hundens ena öga och utan ett ljud damp den i marken som en stor påse ris. Det var inte bara Moo Daeng som förvånades över scenen, utan även Noy och Oy. De tre bara stod där en lång stund och tittade på hunden som låg och sov på gruset.

Till slut hade Moo Daeng plockat upp en pinne från vägkanten, räckt den till Noy och sagt:

– Slå den så att den lär sej, men gör det tyst.

Och utan att yttra ett ord hade Noy farit ut med närmare femtio slag över hundens kropp och huvud. Inte tillräckligt för att döda, då pinnen var liten och Noy inte mer än nio år, men däremot med kraft nog för att åstadkomma permanent skada. Till på köpet med kraft nog för att åskådliggöra den egna styrkan samt vetskapen om att all sann självkänsla vilar i den andres rädsla.

Eller frånfälle.

Moo Daeng visslar lågt för att påkalla hundarnas uppmärksamhet.

De hinner ta ett par vildsint morrande språng innan de upptäcker vem det är, och kommer då fram med viftande svansar. Soi-hundarna först och den renrasiga jätten några travande, osäkra steg därbakom. Den känner av Moo Daengs avståndstagande, på samma gång som den ser vänligheten som omger hans gester, hans händer som nu far fram över den ena hundens mage och den andra hundens öron.

Slutligen reser sig Moo Daeng från sin hukande ställning och sträcker fram handen mot jätten, med fingrarna nedåt och handloven uppåt, och låter det fyrbenta monstret nosa och slicka samtidigt som Moo Daeng stramar åt kroppen. Det finns ingen rädsla i deras möte, ingen nervositet, ingenting som förtar det faktum att Moo Daeng är den omisskänneliga flockledaren. Någon det vore fullkomligt vansinnigt att attackera.

När rollerna fastställts kliar Moo Daeng hundrakilosmonstret under hakan och börjar sedan promenera mot köksingången med soi-hundarna studsande fram och tillbaka mellan benen på sig. Han har uppmärksammats från huset och innan Moo Daeng hinner knacka på har ägaren redan öppnat dörren. Tydligen har han precis kommit hem från jobbet; fortfarande iklädd uniform och med den stora, svarta revolvern hängande vid sin sida – en gång, när polismannen glömt sitt skjutvapen framme på köksbordet, hade Moo Daeng lyft upp det och förvånats över hur mycket vapnet vägde. Minst ett kilo, kanske två. Det hade i och för sig känts passande, själva vikten, att ett sådant ting tvingade handen att greppa hårdare, och mer beslutsamt.

Polismannen synar sina hundar kritiskt, ler brett, skrattar till och med, men sparkar sedan hårt mot den ena soi-hunden och säger:

– Vilka jävla skämt, va!

Moo Daeng är tvungen att le tillbaka. Därefter tar han av sig sandalerna, noggrann med att se till att det inte sitter något skräp fastkilat mellan tårna eller under hålfoten, torkar av dem ett tiotal gånger mot dörrmattan och följer efter polismannen som stegat in i vardagsrummet.

Teven står på och tre mobiler ligger på glasbordet framför soffan. En av dem vibrerar utan signal, vilket skapar ett illavarslande rasslande som får både polismannen och Moo Daeng att rycka till. Polismannen plockar upp telefonen, tittar på displayen, klickar sedan bort samtalet och lägger tillbaka den på glasbordet, bara för att ögonblicket senare slänga den i soffan.

Så fort den lämnar hans hand sätter vibrationen igång igen, men inklämd mellan kuddarna förmår han ignorera ljudet, och vänder sig istället mot Moo Daeng.

– Är du hungrig?

Moo Daeng skakar på huvudet, men polismannen släpper honom inte med blicken utan fortsätter att stirra, som om han fixerat en punkt inuti Moo Daengs själva skalle, bland motiven och drivkrafterna som triggar honom, och inte minst i det som gör att han än en gång står i detta stora kök och böjer på nacken likt ett olydigt litet barn.

Moo Daeng äcklas av polismannens överlägsenhet och en aggressiv tanke skjuter fram genom honom i skepnad av en beordrande röst: *ta pistolen ur hans jävla hölster och pricka honom i skallen, mittemellan ögonen.* För om polismannens kranium öppnades upp så skulle Moo Daeng kunna rota runt i det, med fingrarna, för att verifiera den där aningen han har om att vad som finns därinne är grått, livlöst och stinker som härsket kött. Men det enda som öppnar sig är Moo Daengs mun, som om musklerna i och runt den vore kopplade till polismannens förväntning, svaret han vill höra för att kunna utföra handlingen han redan förberett:

– Kanske jag är lite hungrig.

Polismannen nickar och ler och klämmer ur sig ett slags triumferande fnysning, går sedan in i köket och kommer tillbaka med en stor tallrik västerländsk mat. Spaghetti täckt av en tjock tomatsås.

Han ställer tallriken framför Moo Daeng på soffbordet. Moo Daeng försöker nicka tacksamt och för därpå motvilligt ned gaffeln i den ljumma maten. Han fiskar upp ett par rödfärgade strängar, stoppar dem i munnen och tuggar besvärat. Tar sedan en till tugga, och så ännu en. Äter upp allt så snabbt det bara går, utan att framstå som oartig, och skjuter därefter ifrån sig den tomma tallriken, på samma gång som han tvingar fram ett stelt och livlöst leende.

Polismannen, som stått lutad mot dörren in till köket, dukar av soffbordet och kommer tillbaka med ett glas kallt vatten. Moo Daeng bälgar i sig vätskan och producerar ännu ett belåtet, uppskattande och alldeles förvrängt smil, för att sedan lägga händerna i knäet och invänta instruktionerna.

Hundarna följer honom mot öppningen i muren på baksidan av huset. Moo Daeng vill höja handen för att säga Hejdå och klia och klappa och leka lite, men förmår inte att lyfta den hängande armen från sidan av kroppen. Det är som om polismannens ord har stannat kvar i honom likt tunga ankare, fysiska klossar som lagt sig över hans axlar, och vilka nu böjer hans redan krökta rygg ännu närmare marken. En myndig stämma med faktisk tyngd, vilket borde innebära att man kan kasta av sig den. Det går emellertid inte, för det självförgörande samtalet de hade har redan hunnit bli en del av Moo Daeng. Eller kanske snarare så att det alltid har varit en del av honom, men nu blommat ut likt en sjukdom man inte kan avlägsna. Något som sitter fast i själva cellerna.

Soi-hundarna slänger sig om hans ben, pilar fram och tillbaka, försöker få honom att reagera, men allt Moo Daeng kan göra är att smeka sedlarna och telefonen som ligger i fickan, alltmedan polismannens monotona röst drar honom närmare och närmare den smutsbruna jorden. Och det är därför det går så trögt; han är nämligen redan halvvägs nere. Myllan räcker honom till midjan och klättrar obönhörligen vidare mot bröstkorgen, hotar med att tränga in i munnen och låsa fast honom i trädgården i form av ett träd vem som helst kan plocka frukterna från. En växt vars överlevnad uteslutande beror på ägarens godtycke.

Eller varför inte en hund. En hunsad och piskad byracka som alltid springer tillbaka till sin ägare. En smutsig oäkting med infekterade sår som aldrig får tid att läka. Varfyllda öppningar som bara blir större och större och som äter av den egna kroppen tills det inte längre finns något kvar att ta av. Enbart ett skabbigt skal som någon annan fyller med sin bestämmande röst.

Ute bland risfälten ökar Moo Daeng slutligen takten. Det lossnar lite, vad det nu än var som höll honom tillbaka, och han svänger om för att titta på det stora, nybyggda huset och hundarna som fortfarande står vid tomtgränsen och spanar efter honom.

Det ser inte lika massivt ut längre.

Hans hand glider ned i fickan igen, fingrar på sedlarna och telefonen, smeker den varma plasten med tummen. Moo Daeng tänker att han ska ringa någon, kanske Noy eller Oy, slå deras nummer och prata om hur skolan har varit; om maten var god; om det blev något bråk på rasten; om hur många gånger lärarna tappade fattningen, och vad de då gjorde åt saken – kom rottingen fram eller räckte det med ett slag över fingrarna med linjalen.

Moo Daeng sneglar över axeln igen, kan fortfarande se huset, och ökar således takten och går rakt ut bland de vattendränkta risfälten istället för att snedda tillbaka mot huvudleden. Slutligen har grödorna fullständigt tagit över och den gröna mattan böljar fram och tillbaka över landskapet likt en lugn och eftertänksam våg, som om det vore ett levande väsens saktmodiga andning.

Moo Daeng stannar, fortfarande med handen sluten runt mobilen i fickan, ser sig om igen för säkerhets skull, plockar sedan upp telefonen och tittar på det stålgrå plasthöljet, klockan i det högra hörnet, staplarna som indikerar signalstyrkan och operatörens logo på engelska, som han känner igen från tevereklamen. Så liten och fin, till och med vacker.

Moo Daeng trycker upp låset, som polismannen har visat honom hur man gör, och ryser till när ett melodiöst plingande fyller skärmen med färger och ljus. Han pressar ned den stora knappen i mitten av siffrorna och ser hur menyns alla symboler sprider ut sig över displayen. Vissa förstår han genom utseendet de har, så som spelkonsolen och den ljusbruna lilla anteckningsboken, andra fattar han inte alls, och när han klickar på dem dyker det bara upp en massa text som han inte klarar av att läsa.

Istället trycker han på spelikonen och hittar fem spel, varav ett är fotboll. Med mobilen i ett fast grepp sjunker han koncentrerat ned på huk på stigen mellan risfälten och suger i sig ljudet, de små figurerna och poängställningen. Försöker göra mobilen till sin egen, fast utan att riktigt lyckas. Blicken smyger sig hela tiden mot batterimätaren, orolig för att den ska ticka ned till noll innan han hunnit använda telefonen till vad den avsetts för, anledningen till att polismannen överhuvudtaget gav honom den. Och så snart han tänker på det, mannen i brunt med den västerländska maten och svartpolerade revolvern, drar magen ihop sig och får både de dansande fingrarna och spelfigurerna att stelna.

Mobilen lyser inte lika klart längre; plasten är solkig och på displayen finns det stora, flottiga fingeravtryck. Och Noy och Oy går det ju självklart inte att ringa. Ingen annan heller, för den delen. Med undantag av polismannen finns det inga listade kontakter i minnet.

Moo Daeng har inga vänner.

Han hör meningen i sin skalle som om den skulle ha uttalats av en främmande människa. Någon som i bakgrunden fört anteckningar över allt han gjort, och till på köpet över allt han *inte* gjort. En ständigt noterande skugga som plötsligt fått för sig att träda fram, och kanske ta över.

Moo Daeng har inga vänner, säger rösten igen, fullkomligt neutralt och tonlöst. Det är varken ett påstående eller en fråga, utan mer en sorts förklaring av nuet och personen han är tvungen att bli.

En hund. En människohund på två ben.

TISDAG DEN 5 AUGUSTI

Jag älskar Bangkok av två anledningar. Först och främst för att solen har fått en undanskymd plats här. Jag kan faktiskt gå från mitt lilla rum på andra sidan Silom Road till baren på vår soi i Patpong utan att lämna skuggan, vilket är en extremt skön känsla.

Den andra anledningen är mängden folk och antalet byggnader. Ingen bryr sig om mig i denna labyrint av betong och cement och i den oupphörliga strömmen av folk finns det alltid någon som är lite fulare, lite kortare, lite mörkare, lite mer osäker och lite mer rädd än jag. Jag existerar inte på riktigt här. Jag behöver inte vara tydlig. Ingen säger Supichaya, alla säger Soy.

Men jag är egentligen inte Soy. Och Supichaya är dessutom kvar i skuggan av tjugovåningshusen mellan Sala Daeng och Silom. Hon lever i en av sprickorna och inspekterar gatan likt en nyfiken liten ödla. Tittar på allt det där som folk skapar. Ringarna på vattnet som förr eller senare antingen försvinner eller växer till regelrätta tsunamis.

. . .

. . .

Det är inte Pat som står och hänger vid entrén idag utan för ovanlighetens skull Noi. Hon brukar inte vara här vid denna tidpunkt utan dyker som oftast upp på eftermiddagen mellan fem och sex.

Hon ser bestämd ut och stirrar på mig med jämna mellanrum. Hon känner kanske till mina trevande händer? Att de legat mot hennes skrivna hjärta och nästan öppnat det. Men bara nästan. Jag slog aldrig upp pärmen, granskade aldrig hennes handstil, läste aldrig historian om mig själv utan lät både den och Nois hemlighet vara ifred. Det förvånar mig emellertid att hon inte sagt något om mitt eget skrivande, för vart jag än går tar jag med mig den svarta anteckningsboken – den är i fickan på mitt förkläde när jag står i köket, den ligger bredvid mig på bänken när jag tar över kassan, den är instoppad bakpå byxlinningen när jag dukar av borden, den är fastklämd under armen när jag kedjar fast borden och stolarna för kvällen, den är nedstoppad i väskan när jag åker till marknaden.

Dagboken påverkar allt jag gör nuförtiden och visar sig som ett ständigt frågetecken inför samtliga beslut jag tar eller någonsin har tagit.

Noi stirrar inträngande på mig och jag möter hennes blick genom att titta på hennes mun. Hon ler och vinkar mig till sig. Jag gör som hon beordrar och då jag ställt mig bredvid henne säger hon lent: "När du började jobba här sa du att du var nitton. Stämmer det verkligen?"

Jag nickar: "Jag blev tjugo förra veckan."

Noi rynkar på ögonbrynen: "Varför sa du inget?"

"Om vadå?" frågar jag.

"Om att det var din födelsedag."

Det finns inget givet svar, eller ens en given fortsättning på konversationen, och därför tvekar jag. Den enda anledningen till att jag överhuvudtaget tänkte på min födelsedag var för att Noi frågade mig om min ålder. Hon ser min osäkerhet, men feltolkar den och placerar handen tryggt över min axel: "Det är okej om du ljög. Vi alla gör det."

"Ljög om vadå?"

Noi grimaserar lätt. "Om din ålder."

"Nej, jag ljög inte. Det var faktiskt min tjugoårsdag förra veckan."

Hennes grepp hårdnar och rösten blir vassare: "Du borde verkligen äta bättre, och mer."

Jag nickar automatiskt och Noi lossar sin hand. Hon tar ett steg bakåt och granskar mig från topp till tå, för att sedan placera fingret mot hakspetsen. "Vet du om, du är faktiskt ganska vacker. Alltså, under allt det där. Du vet ... *det där.*"

När hon säger *det där* för en andra gång sveper hon med fingret i en cirkel mot mig för att liksom peka på allt på en och samma gång. Jag tar motståndslöst emot hennes bryska sammanfattning och nickar på nytt. Försöker även le, men utan att lyckas, trots att jag säger åt munnen att svälja den vassa komplimangen. Noi sänker sitt viftande finger och ser mer allvarlig ut. "Var kommer du från egentligen?"

"Isaan."

Hon ler irriterat. "Jamen, det vet jag ju, men var någonstans i Isaan. Mot Laos, eller hur, för det låter så på dialekten?"

"Jo, det stämmer. En liten by strax öster om Ubon."

"Hur liten?"

"Liten."

”Och vilka är kvar där?”

”Mormor.”

”Bara mormor?”

”Bara mormor.”

”Och mormor får en liten peng varje månad?”

”Ja, mormor får en liten peng varje månad."

Nu hummar Noi bara och granskar mig än en gång från topp till tå. Därefter händer något konstigt med hennes ansikte; det liksom skrynklas ihop under en kort sekund. Men så slätar hon ut sig själv, blir sitt vanliga, kalla jag utan några som helst synbara sprickor eller spår i skinnet och spottar ur sig tonlöst: ”Jag har någon åt dig, om du är intresserad.”

Jag förstår först inte vad hon menar, men kopplar sedan och frågar förvånat: ”Gregg?”

Under ett par långa ögonblick ser Noi riktigt häpen ut. Men så brister hon ut i ett högt skratt, så pass högt att folket på gatan vänder sig om för att se vad som händer. Hon riktigt frustar, som en tjur, och när hon gör det visar hon tänderna. I samma stund som jag ser dessa förvånansvärt vita och raka tänder tänker jag att hon nog inte bara biter fulla turister utan alla som ställer sig i hennes väg.

”Men herregud, flicka lilla, vem tar du mig för egentligen”, kvittrar hon med ett leende över läpparna.

Sedan lägger hon armen om mina axlar och snurrar runt mig mot turisterna som flyter fram mellan Patpong och skytrainstationen Sala Daeng. Hon kramar mig hårt och nickar mot folkströmmen. ”Vad ser du när du tittar på dem?”

Jag kan inte stoppa mig själv utan det slinker ut som en illa dold hemlighet, något litet som säger så fruktansvärt mycket.

Jag skäms när jag hör mig själv viska: "Allt jag inte är."

Noi trycker in naglarna i mitt kött och vrider sakta på huvudet för att stirra mig i ögonen. Sedan upprepar hon: "Allt du inte är?"

Jag viker undan med blicken genom att böja på nacken och svarar kvickt: "Nej, nej, nej, jag menade det inte på det viset."

"Det hoppas jag verkligen, flicka lilla, för det enda du ska längta efter är deras plånböcker. Förstår du det! Pengar är det enda de har mer av."

Hon är tyst i ett par sekunder, men lägger sedan till med eftertryck: *"Det enda!"*

Jag vet inte vad jag ska säga för jag själv ser så mycket mer än bara den simpla skillnaden i mängden pengar vi rör oss med. För det är inte olika länder vi kommer från utan olika världar och min är helt enkelt mer avskuren, hårdare snärjd runt mitt skinn och mer bestämmande av hur jag ska röra denna kuvade lekamen.

Jag ser dessutom att de inte plågas av solen. De verkar inte ens känna den, trots svetten som rinner nedför deras ansikten och kläderna som ligger klistrade mot deras kroppar. Helt på det klara med att denna hetta enbart är tillfällig. Något man kan vända ryggen.

När som helst och hur länge som helst.

...

...

Han tittar på mig med ganska vänliga ögon. Han ser ut att vara förvånad också och av sättet han beter sig förstår jag att vårt möte inte är arrangerat utan något Noi bestämt själv och antagligen alldeles nyligen.

Som vanligt är han klädd för jobbet: svarta slacks och väl-pressad skjorta. Han är ung, max tjugofem år gammal, och kortklippt som en militär. Ögonen är kristallblå och påminner om folk man ser i utländska reklamfilmer. Men inget vitt le-ende. Tänderna är smått gulaktiga, trots hans låga ålder, och jag förstår varför: han har en stor kopp svart kaffe framför sig och bredvid den ligger ett paket cigaretter. Ett smått betryg-gande faktum. Öl är inte det första han dricker efter jobbet, vilket betyder att alkoholen kan vänta.

Klockan är inte mer än halv fyra och med undantag av den unga, välklädda västerlänningen befinner sig enbart en till kund i baren. John. Och John har inte visat sig på flera dagar, kanske en hel vecka. Ingen har frågat varför, men i vecket vid ena armbågen sitter ett stort, vitt plåster. Som om någon tagit ett blodprov. Det är Pom som har axlat dagens uppgift att vara hans dryckessällskap, för att sedan bädda ned honom och lägga sig bredvid så att han kan känna den nakna värmen från en annan människa. Något som kanske kan rinna in i hans skinn och väcka de slappa benen och armarna, få honom att höja sin nedsjunkna haka och släta ut hans ständigt veckade panna. Göra honom till man igen.

Johns fingrar har redan börjat röra sig i cirklar över Poms handlov, vilket betyder att den tystlåtna gråten kommer snart. Den som knappt märks. Sedan ett tiotal öl till, sedan en över-drivet hög dricks till Pom, sedan en femhundralapp till Noi för att låta Pom avsluta sitt arbetspass tidigt, sedan taxiresan där chauffören tittar kritiskt på Pom men aldrig på John, sedan den ragglande promenaden upp till det trettiovåningshöga tor-net, sedan förbi en lobby där ingen någonsin verkligen tittar på något överhuvudtaget, sedan in i lägenheten, sedan av med kläderna, sedan nakna bredvid varandra i sängen utan att rent fysiskt föra samman sina kroppar, sedan en titt på klockan när John börjar snarka, sedan tillbaka till baren och en skrattande jämförelse av hur mycket man lyckades salta den sammanlagda notan den här gången. Igen och igen och igen. Tre dagar i veckan, fem dagar i veckan, ibland sju dagar i veckan.

Det är inte bara jag som sneglar mot John utan engelskläraren tittar också mot hans bord. När John möter hans blick nickar engelskläraren mot honom och John nickar leende tillbaka. De verkar känna varandra, eller åtminstone känna till varandra, trots att detta enbart är tredje gången jag ser denna unga västerlänning på vår bar. Sedan vänder han sig mot mig och tar en försiktig klunk av det varma kaffet.

Han verkar inte bara vara förvånad över att jag slog mig ner utan även förvånad över att jag inte har på mig mitt förkläde. Och kanske lite förvånad över att det fanns bröst under det där smutsiga förklädet. Inte så små bröst heller. Dessutom har de blivit mer framträdande av den tajta, vita tröjan Noi lånat ut. Hon har dessutom gett mig ett par riktigt tajta, blå jeans som sugit tag i min bak och format den till en liten kulle med ganska kvinnliga höfter. Hon lånade ut ett par löjligt högklackade skor också, men jag trillade fram på dem som om jag hade dragit i mig en hel flaska whisky. Oförmögen att gå vackert, eller ens rakt, oavsett hur mycket jag tänkte på att min bak nu var så pass stram en bak kan bli.

Jag bär platta sandaler istället, fast med ett vackert band av snäckskal över tårna, och allt sammantaget ser jag ganska fin ut. Mitt hår är för ovanlighetens skull bakåtkammat och Noi har lagt ett par smala, svarta bårder runt ögonen för att understryka mitt påstått vackra ansikte. Men det är också allt. Inget läppstift. Ingen vit rouge. Inget vitt talkpulver. Inga pinsamma överdrifter som skulle få mig att känna mig som en clown. Enbart ett par prickar över de ordspråksmässiga i:na som Noi säger att jag har ganska många av.

Jag tänker på dessa i:n medan jag skruvar nervöst på mig på stolen. Engelskläraren ler fortfarande, men det känns som om hans leende är fyllt av skratt istället för av värme. En nedlåtande gliring som har sitt ursprung i att han ser hur stel kläderna gjort mig och att de ligger runt min kropp likt ett plastiskt skinn utan någon som helst elasticitet. En dräkt som gör det svårt att röra sig naturligt. Att röra sig överhuvudtaget.

Så på bruten engelska säger jag: "Var kommer du från?"

"England", svarar han kvickt.

"Vad jobbar du med?"

"Jag är engelsklärare."

"Hur länge?"

"Nästan två år. Här i Bangkok."

"Gillar du Bangkok?"

"Ja, jag gillar Bangkok."

"Varför gillar du Bangkok?"

"För att allt är lätt här."

"Vad är lätt?"

"*Allt.*"

Jag är andfådd, känner mig snurrig och västerlänningen släpper till slut ut det där skrattet han hållit inne. När han gör det rycker jag bakåt på stolen som om han måttat en örfil mot mig. Han ser det och sluter munnen eftertänksamt. Sedan sträcker han till min förvåning fram handen och gör precis som John brukar göra. Det vill säga lägger tummen mot min handlov och låter den sakta fara runt i ett par varv. Därefter drar han tillbaka fingrarna och viskar nästan: "Du är ganska gullig, vet du om det?".

"Gullig?" upprepar jag

"Ja, gullig."

Jag tänker efter en stund, smakar på ordet, liksom sätter tungan mot det och uttalar det i mitt huvud. *Gullig.* Jag märker omedelbart att jag inte tycker om det. Jag vill vara något annat och väser skarpt: "Jag är inte gullig."

Engelskläraren hör antagligen att jag blivit förolämpad, för hans ansikte stelnar plötsligt till. Hela han blir lite mer stram och allvarlig. Men han säger inget utan plockar långsamt ut en cigarett ur paketet – som om han vill ge mig tid att förklara mitt korta utbrott – och tänder den med huvudet lutat åt sidan. Men jag håller käft, möter hans blick och förstår med ens att det är mycket lättare att stirra en utlänning i ögonen än en thailändare. Därefter funderar jag en kort stund på vad det kan bero på, men hinner inte komma fram till ett svar innan den välklädda, unga mannen frågar: "Men vad är du då?"

Jag blir lite överrumplad och försöker komma på något som låter ärligt. Ett ord jag kan luta mig mot senare i kväll när jag öppnar dörren till mitt garderobsstora rum, lägger mig på min tunna madrass, släcker i taket och tänker igenom allt som hänt för att se om det finns något värt att hålla fast vid. Men inget kommer ur mig. Jag är tom på både in- och utsidan.

Engelskläraren verkar tröttna på tystnaden och säger med rök strömmande ut från både munnen och näsan: "Vill du ha något att dricka?"

Jag tar tacksamt emot frågan och svarar: "En cola, tack."

Men när han vänder sig om för att ropa ut beställningen står det ingen vid kassan för att ta emot den, för personen som borde göra det sitter just nu vid ett bord iklädd en tajt, vit tröja och ett par snygga, mörkblå jeans. Den enda lediga kvinnan är Pat som, likt hon alltid gör när det är mer eller mindre tomt på baren, spanar mot folket som passerar på gatan för att vinka inbjudande mot ensamma män och grabbgäng.

Så jag säger till den unga killen: "Jag hämtar själv."

När jag kommer tillbaka pekar han mot den halvtomma kaffekoppen: "Jag tror att jag tar en öl istället". Jag glider tillbaka till bardisken, plockar ut en kall Chang och häller upp åt honom vid bordet. Därefter är jag på vippen att hasta tillbaka till mina vanliga göromål i köket, men minns med ens att stolen bredvid denna västerlänning har erbjudits mig av Noi. Jag slår mig ner igen, tar ett djupt andetag och frågar med en stämma som är lika söt och klibbig som gyllene honung: "Är ölen god?"

Efter en kort tvekan stöter han undan allt det konstiga som omger oss och svarar glatt: "Allt kallt är gott i Thailand." Och likt jag vore en idiotisk liten unge säger jag bubblande: "Gillar du glass?" Han börjar skratta och med ens är hans tumme där igen, över mina händer som ligger korsade på bordsskivan. Tre, fyra, fem varsamma cirklar och så tillbaka till ölglaset, som han tömmer i ett drag.

Jag sträcker mig mot flaskan för att hälla upp den andra halvan åt honom, blixtsnabbt och utan att skapa en massa onödigt skum. Faktum är att jag kan göra allt snabbt. Jag vet hur man försvinner bakom nödvändiga göromål och trista hushållssysslor. Men denna gång löser jag inte upp mig själv genom att bli en del av inredningen utan sitter kvar vid bordet och känner oron krypa in i kroppen på mig när jag tänker på hur snabbt han svepte ölen. Sedan tittar jag på hans bröstkorg och armar och ser att det finns ganska mycket muskler där. Det är en stark kropp som kan hålla fast andra, svagare kroppar mot deras vilja.

Klumpen av is börjar växa och skjuter upp mot halsen, ansiktet och tungan. Jag vill prata, säga något, men klarar inte av det, vilket han märker. Han ler i och för sig fortfarande och skjuter fram den där tummen på nytt, som jag nu tycker svider likt det skulle finnas syra på den. Men det finns syra överallt, tänker jag sekunden senare, och den mest frätande uppstår ur den hopplöshet fattigdom göder. Det finns en oändligt djup grop ute på landsbygden jag kommer från och längst ner i den sitter min mormor och väntar. Det hon väntar på är *Döden*. Och denna väntan sipprar ut ur henne i små duster av sjuk luft. Något äckligt kvävande som får magen att dra ihop sig, brösten att sjunka inåt och hakan att riktas mot marken.

Jag sluter ögonen en kort stund och tänker på den brännande solen som legat över min rygg under så många och långa timmar och låter hettan från den tina upp mina läppar och släppa lös orden som helt enkelt måste sägas. Anledningen till att jag säger dem nu, efter bara ett tiotal minuter i hans sällskap, är för att han är nykter. Jag har ännu inte förvandlats till en reflektion av något eller någon han hatar från sitt förflutna. Han är fortfarande en helt normal man.

Jag öppnar munnen och ut träder den längsta meningen

jag någonsin uttalat: "Vi kanske ska gå någon annanstans?"

Sedan minns jag vad Noi sa om de två alternativen: hotellet som bedriver timuthyrning eller kundens eget boende. Jag väljer hotellet. Men han tvekar av någon anledning och tittar på mig som om jag vore ful. Ja, han stirrar på mig som om jag missförstått hela situationen, men bara i ett par sekunder, sedan blänker något till i hans ögon och jag ser hur denna flamma flyttar ut i skinnet i form av en elektrisk våg.

Med ens riktar han blicken mot min överkropp, där den stannar i en evighet. Han stirrar på mina bröst, som den tajta, vita T-shirten markerar tydligt, och jag tycker mig kunna se hur han slickar sig om munnen på ett lika äckligt sätt som jag sett Gregg slicka sig om munnen. Som han gjorde om och om igen när vi var i Pattaya och han lät ögonen hoppa från vad som pågick på scen till Pat som satt bredvid och smekte honom över låren.

När engelskläraren reser sig upp och tar tag i min hand kan jag känna hur syran bränner till igen under hans fingertoppar. Röda fläckar som jag aldrig kommer att kunna tvätta bort, men däremot dölja. För allt kan döljas, och allt kan kamoufleras. Det finns inget i denna värld som måste åskådas rakt framifrån.

Inget.

BAAN NONG JAAN

Det är fem kvinnor och tre män. Två av kvinnorna kommer från Moo Daengs egen by, likaså den ena mannen. De andra kommer från byarna närmare motorvägen. Flera av dem tillhör de rikaste i grannskapet.

Det är ingen som reagerar på hans närvaro. Någon nickar mot honom i ett slags erkännande gest kanske, den obesegrade boxaren, men det är också allt. Sedan riktas koncentrationen mot spelet igen, tärningarna som kastas.

High-Low.

Ingen skicklighet alls, blott tur, och så en rejäl dos vidskeplighet, förstås. Tecknen måste tolkas, omgivningen läsas och naturen dechiffreras, för under den till ytan slumpmässiga ordningen finns det ledtrådar. Moo Daeng har sett folk söka samband mellan det stora och lilla i varenda upptänklig mänsklig eller levande företeelse. En moster som observerade nummer i naturen och som upphetsad pekat mot en död liten ödlas svans och sett siffran nio. En annan moster som, likt så många andra, istället fastnat för det fatalistiska. Med andra ord nummerplåten på den senaste dödsolyckan, och inte minst åldern på tonåringen som körde ihjäl sig.

Meddelanden från själva Döden.

Moo Daeng fnyser tystlåtet och betraktar högarna med pengar som snabbt byter ägare. Plötsligt här, och sedan där. Det tar ett tag innan förlorarna sållas ut, kanske en halv dag, men slutligen är det någon som inte längre får ta del av den ständigt patrullerande högen och lämnar bordet. De har redan spelat i över tjugo timmar och kommer snart att avsluta de utdragna partierna. En timme till, max. För energin har sinat, och av de åtta som är kvar är det enbart den största förloraren som alltjämt kräver att spelet ska fortgå, att det fortfarande ska finnas en möjlighet att vinna tillbaka vad som försvunnit under de andras gapande händer.

Moo Daeng smeker telefonen i fickan, likt han gjort från och till sedan han fick nys om var någonstans hasardbordet skulle slås upp denna gång. Ett samtal, det är allt, och inte ens ett riktigt samtal, utan enbart en adress. Tre eller fyra ord och de kommande veckorna kommer att lösa sig. Mat på bordet och nya skoluniformer till Noy och Oy, kanske ett par burkar coca-cola också, och så lite chips, småpåsar så att man kan prova flera smaker på en och samma gång. Eller varför inte en kokosnötglass i luftigt bröd med kallt, klibbigt ris och krossade jordnötter.

Så mycket för så lite. Ett par substanslösa, innehållslösa, fullkomligt vardagliga ord och glädjen i Noys och Oys ögon, motsatsen till allt detta uppgivna, nedstämda och vuxna som stundtals fyller dem, kommer att vara där igen. Dessutom äger deras lyckliga jag den underliga förmågan att fylla honom med sina blickar, stabilisera något som annars riskerar att flyta ut för långt åt sidorna, och kanske rinna över. För genom att låta dem vara barn blir det enklare att byta ut alla vindlande, krokiga och snåriga alternativ mot en bred och stadig väg som trofast löper mot det enkla målet att aldrig svika.

Någon skriker till, gällt men ögonblickligt, och en rent fruktansvärd summa pengar knuffas över plastduken med de många röda och svarta symbolerna som matchar tärningarnas tecken. Det är en medelålders kvinna som höjt rösten, över de femtio, och en av de första att gifta sig med en västerlänning. Historierna om henne är många; en levande skröna som förde ett helt nytt perspektiv till byn.

Tre makar sammanlagt, alla vita.

Moo Daeng har träffat den senaste. Han dyker upp ett par gånger om året, och stannar en vecka eller två vid varje tillfälle. Gubben håller sig för det mesta på sitt inhägnade område, men stapplar omkring utanför det om han hunnit fyllna till för mycket under de få stunder han lämnas ensam.

Make ett och två hade varit lika alkoholiserade, och dessutom dött på plats. Det viskades att deras fru, kvinnan som nu sitter och spelar bort hela månadslöner, väckte dem varje morgon med en liten flaska whisky. Darrningarna hann knappt börja förrän de var där igen, småberusade och på väg mot den riktiga fyllan, tillståndet då världen kollapsar och inget är för otrevligt eller uppseendeväckande att göra.

Kvinnan hade sagt att det var för att hålla dem borta från sin kropp, vilket ingen riktigt förstod sig på eftersom hon nu gift sig med dem. Hon hade då sagt att det var för att stilla deras dåliga humör, men humöret verkade alltid vara som värst i slutet av fyllorna. Hon hade då inte sagt någonting alls, och halvåret senare meddelades det att make nummer ett avlidit i sömnen, tömd på fett och muskler likt de lokala alkoholisterna, bara lite ljusare i skinnet.

Läkarna var snabbt på plats eftersom det handlade om en västerlänning, polisen också, men inget brott hade begåtts och efter bara ett par veckor började änkan sprida otroliga rikedomar omkring sig: nya kläder, en ny skoter, en bil som hon inte hade körkort till, ett nytt hus, land med rik mylla, guldringar, guldörhängen, guldhalsband och guldarmband. Hon rörde sig i grannskapet som om hon vore en del av den gamla aristokratin, väckte hat och avundsjuka, gav upphov till illvilliga rykten och spekulationer. En skrupelfri hora. En mördare. Någon som dragit slutsatser man aldrig borde dra, än mindre anamma och börja leva efter.

En dag försvann hon och en kusin till henne, syssling till Moo Daengs far, flyttade in i huset som fastighetsskötare och alltiallo. Folk glömde bort den Svarta Änkan; åtminstone misstankarna om att det hela varit planerat. Men så sju år senare dök hon upp igen med en ny engelsktalande man, som denna gång var i sena sjuttioårsåldern, redan skröplig och skör och med glasartad blick. Tre månader senare tillkallades en läkare för att bekräfta att även make nummer två supit ihjäl sig, vilket åtföljdes av renoveringar på huset, en ny bil och mer guld.

Hennes kropp förändrades även under denna tid. Baken och magen blev på något konstigt vis mindre, medan brösten blev större, och samma gamla hat sköt i höjden. Föraktad av alla, konfronterad av ingen. För denna gång började hon dessutom betala frikostigt för en massa småjobb på sina ägor; det fanns alltid något som behövde lagas, byggas, sås eller skördas. Donationer till allehanda festivaler kom plötsligt ur hennes ficka också, likaså en färgglad liten lekplats bredvid skolan, med rutschkana och allt.

Det gick inte att värja sig.

Och så försvann hon igen, i drygt fem år, för att denna gång återvända med en amputerad krympling till gubbe. Hon däremot var strålande. Huden len och ljus, håret blänkande svart – inte ett vitt hårstrå – och kroppen lika fast och kurvig som historierna gjorde gällande angående hennes ungdom. En levande sinnebild för sexuella fantasier, skvaller och avundsjuka. Och nu knuffar denna underligt ungdomliga kvinna en tre centimeter hög trave sedlar mot en av de äldsta kvinnorna i gruppen. En rynkig och ful tant traditionellt klädd i skotskrutig sarong och luftig blus, till synes fattig och oansenlig men i realiteten den största markägaren i området. Hon ler med snörpt mun. Det går inte att missta sig om vad hon tycker om sin rival, den kroppsmodifierade uppstickaren.

Det närmar sig slutet och Moo Daeng lämnar dörröppningen där han stått och tittat på. Plockar upp mobilen, men tvekar. En grötlik uppstötning fyller plötsligt munnen på honom, sur och vattnig, men han sväljer den och trycker på knappen.

En omärkt pickup stannar till utanför huset strax efter att Moo Daeng ringt. Två uniformerade poliser i framsätet och en grupp inhyrda hårda män bak på flaket. Moo Daeng känner igen en av männen på flaket eftersom han har sett honom i andra – och helt motsatta – sammanhang.

Moo Daeng har till och med sålt droger åt honom.

Själva tillslaget går snabbt. Innan bilen ens hunnit bromsa in hoppar männen av flaket med de provisoriska brickorna flygande runt halsen, för att sekunden senare vara inne i huset. Några slår tillbaka, andra lyckas smita ut bakvägen eller hoppar genom fönstren, men så snart de faktiska polismännen dyker upp, iklädda sina bruna uniformer och med händerna på pistolhölstren, tonar motståndet snabbt bort och ersätts av ett högljutt käbblande. Ryktet sprider sig på ett ögonblick, och folk flockas till scenen. Vissa för att se vad som pågår, andra för att peka finger, men de flesta för att stoppa polismännen från att gå för långt.

Moo Daeng minns en fjortonårig kille från den egna byn som hade för vana att stjäla skotrar från folk i grannbyarna. Alla visste vad han höll på med, men ingen lyckades ta honom på bar gärning. Till slut försvann han, och när försvinnandet anmäldes till polisen log de bara. Inga papper stämplades eller arkiverades, inga telefonsamtal gjordes, inga bilar skickades ut för att intervjua folk eller leta efter ledtrådar. Bara ett hånfullt och kallt leende bakom en officiell receptionsdisk.

Mannen från det stora huset med den västerländska monsterhunden är en av de uniformerade poliserna. Han sticker ut på grund av sitt ljusa skinn, den blekning som arbete i ständigt luftkonditionerade miljöer och dyra hudvårdsprodukter resulterar i. Markören mot omvärlden att man är lite bättre än gemene man, eller åtminstone lite rikare.

Moo Daeng tittar ned på sina egna ben och ser att de är nästan lika svarta som smutsen han vandrar över. En svart liten skit som bor i ett skjul med läckande tak. En svart liten skit som tidigare promenerade fram och tillbaka till skolan. En svart liten skit som skördade riset andra sådde, som vallade vattenbufflarna och korna andra ägde, som hamrade, snickrade och sågade på husen andra byggde. En svart liten skit vars hela person andas intighet och fattigdom och som går på milslånga strövtåg för att skjuta småfåglar och gnagare i hopp om att stilla en aldrig tillfredsställd hunger. Bränd under solen likt en kaka som legat för länge i ugnen. Oätbar. Något som enbart kan användas som tillhygge.

Ett levande verktyg.

Under ett par sekunder möter Moo Daeng den ljushyade polismannens blick, men han låtsas inte om Moo Daeng, avslöjar på intet vis att de känner varandra. Telefonen bränner inte desto mindre i byxfickan, känns som en bit glödande kol. Något som kommer att lysa upp honom likt en brinnande fackla och isolera det lilla han fortfarande är i en skarpt sprakande bubbla man omöjligen kan missa.

Moo Daeng vänder sig om, men vet inte riktigt vart han ska ta vägen, eller vad han ska göra med sig själv. Står han kvar så kommer något likväl att hända. Moo Daeng känner det i hela kroppen, likt en pirrande varning om att kontrollen är på väg att ebba ut, och att han tänker antända stubinen genom att göra något riktigt, riktigt dumt. Som att börja prata med polismannen och visa varenda överlägsen liten jävel att det är han som är tjallaren, att det är han som sticker kniven i ryggen, att det är han som undergräver marken de vägrar att låta honom promenera över som en likvärdig, ung man.

Moo Daeng sväljer hårt och trycker tillbaka impulsen att bränna alla broar och bli det man sagt till honom att han redan är. Han tänker på Noy och Oy istället, sättet de sitter fast i honom, hur de påverkas av allt han gör, och medan han börjar promenera mot den lilla affären i mitten av byn låter han deras stora, runda, mörka ögon knuffa honom framför sig.

Bort ifrån misstron och mot den trygghet som vilar i att ständigt och utan tvivel upprepa det redan accepterade.

Det sitter en grupp äldre tonåringar på de två låga borden som ställts utanför öppningen till den lilla affären, som egentligen bara är framsidan av en enplansvilla med järnjalusier till vägg istället för murbruk, dörr och fönster. De röker och pratar om uppståndelsen längre ned på gatan. Några av dem dricker öl.

Moo Daeng plockar fram telefonen, söker upp det ensamma numret till polismannen, anstränger sig för att tyda kontaktlistans instruktioner, tycker sig se vad som kanske skulle kunna stavas till "radera", och trycker på knappen. De två orden "Ja" och "Nej" som omedelbart dyker upp kan han däremot läsa, och efter att ha valt "Ja" håller han fram telefonen till frun i huset, den huvudsakliga affärsinnehavaren, och säger:

– Kan jag få byta den här mot en flaska whisky?

Hon tvekar, men sträcker sedan ut handen och fångar tag i mobilen, fingrar på den felfria apparaten och kontrollerar funktionerna, batteriet, ljudnivån. Tittar därefter på Moo Daeng och säger med hela sin varelse att han bara är en avskyvärd liten tjuvjävel. Någon som borde sparkas ut ur byn, om det nu inte var för det faktum att ingen i hans åldersgrupp kan mäta sig med hans färdigheter i ringen, kraften och vildsintheten hans seniga kropp av någon outgrundlig anledning lyckas uppbåda.

Denna fruktansvärda vilja att skada.

Hon lämnar tillbaka telefonen med en fnysning och vänder sig om. En av de äldre killarna kommer då fram, plockar upp mobilen ur Moo Daengs hand och går igenom samma kontrollrutin som Mae Kha just gjorde. Han nickar, vänder sig mot kvinnan, som redan försvunnit i husets dunkla innanmäte, och ropar:

– Tre flaskor risbrännvin!

Det muttras något inifrån bostadsdelen av den lilla affären, men strax därefter kommer hon tillbaka med den efterfrågade alkoholen och placerar drickat på bordet. När hon ser telefonen i killens hand sträcker hon sig mot flaskorna för att ställa tillbaka dem, men en av killens kompisar hinner före och sveper med sig risbrännvinet till skotrarna de parkerat lite längre ned på grusvägen. Han med mobilen ler spjuveraktigt och pillar fram tre hundralappar ur ena bakfickan på de smala, svarta jeansen och räcker dem till Mae Kha. Hon tvekar, tittar på Moo Daeng, som redan börjat röra sig mot skotrarna, sedan på sedlarna och svär tyst för sig själv.

Killen ansluter sig till resten av gänget med armen om Moo Daengs axlar och säger:

– Du kan åka med mej.

Moo Daeng nickar och sätter sig bakom honom.

De är fyra stycken. Tre från den egna byn, och så en kusin från stan, vilket syns: fler accessoarer, mer klet i håret, blå jeans istället för svarta och iförd skor som inte släpats sönder i grus under höga hastigheter.

De kör ut ur byn och upp mot vattenreservoarerna, som fortfarande är halvfulla och vars ytor krusas av småfisk. Det fullkomligt myllrar av dem, som om de legat i dvala i gyttjan, nedbäddade under ett tjockt lager skyddande jord och enbart väntat på nästa störtskur. Moo Daeng skulle vilja göra samma sak: endast leva genom att bida sin tid i ett tryggt och mjukt mörker. Onåbar och med tanken *enbart* fäst på sig själv och förvandlingen man ofrånkomligen – förr eller senare – kommer att genomgå.

De parkerar bredvid en utblåst elstation. Avklippta kablar hänger fortfarande från taket, väggarna är fyllda av svarta märken och hål från bortryckta möbler och proppskåp och över golvet ligger en massa trasiga lysdioder i blått, rött och grönt. En sur stank av urin seglar genom luften, men ingen verkar känna av den. En i gänget sparkar undan ett par plankor på golvet och blottlägger en låst lucka. Han pillar fram en rostig nyckel ur jeansen och hakar av hänglåset som krokat fast luckan. I det lilla utrymmet ligger ett par sittdynor och en radio.

Han slänger ut dynorna över det smutsiga golvet, plockar upp radion, fäller ut antennen och börjar ratta efter en passande station. Det brusar och knastrar, ett nyhetsinslag fyller plötsligt det lilla rummet, men killen letar vidare och hittar en station med låtar på engelska. Någon skakar ogillande på huvudet, och killen med radion fortsätter att vrida på ratten tills han kommer till en station med thailändsk hårdrock. Under tiden slår sig de andra ner på kuddarna, tänder ett par cigaretter och placerar de tre fulla spritflaskorna i mitten av ringen de skapat.

Moo Daeng står fortfarande i dörröppningen, osäker och tillbakadragen. Han känner dem inte till mer än utseendet, och kanske något enstaka smeknamn. Men killen med radion vinkar åt Moo Daeng att komma in, och Moo Daeng följer uppmaningen. Han sätter sig snett bakom personen närmast dörren, men flyttar sig strax därefter eftersom killen som bytte till sig mobilen klappar på det bara cementgolvet bredvid sig och öppnar den första flaskan.

I samma stund som Moo Daeng hasar fram på korslagda ben häller killen upp i ett litet tennstop som han har haft hängandes i bältet. Moo Daeng sluter handen om det, tar ett djupt andetag, för den illaluktande vätskan till munnen och sväljer allt i en stor klunk. Det bränner till något ohyggligt, som om han druckit bensin, och i magen skapas en reaktion som får honom att utstöta ett långt "åååhhh". Killarna skrattar, men inte rått utan kamratligt, fyller sedan på tennstopet och skickar det runt ringen. Lika mycket till varje deltagare, vilket innebär att koppen är tillbaka hos Moo Daeng efter enbart ett par minuter.

Han tar emot den bräddfyllda bägaren, fastän han fortfarande kan känna hettan från den föregående drinken. Killarna tittar förväntansfullt på honom, och kanske även något rastlöst, så han sveper allt och känner för en andra gång hur det river i halsen hela vägen ned i magen. Samma blandning av smärta och illamående, samma besynnerliga värme.

Det finns inga pauser i dryckesleken utan så fort någon tömt bägaren vandrar den vidare till nästa person, och i slutändan Moo Daeng. Han känner sig redan lite vimmelkantig, men tar emot tennstopet varje gång utan att protestera. Istället spänner han ut sig som inför en match, liksom inhalerar djupt och fyller på med korta och kippande andetag, för att sedan släppa ut dem i sådana kraftiga pustar att det börjar spinna i skallen på honom.

Styrkan är där igen; denna skrämmande förmåga att kunna reducera hela den vittomspännande och rytande världen till en ensam liten dövstum punkt. Det kommande målet för hans nävars, knäns och armbågars omarbetning av ordningen. Omständigheten att han ensam, i ordets alla bemärkelser, ska stå som segraren.

Moo Daeng höjer tennstopet och dricker för en kanske sjätte eller sjunde gång. Spriten får det återigen att värka i magen, fast på ett annorlunda vis. Nu är det inte längre en smärtsam kramp utan mer likt ett dovt och nästintill smekande bultande – och så är stopet plötsligt där igen, framför honom som ett lockande finger. Vad som känts som timmar var bara ögonblick och Moo Daeng höjer handen för att ta emot det. Han säger inget, tittar inte ens på de andra, utan lyssnar bara inåt, till trummandet i magen, som nu även flyttat ut i blodet och upp i skallen.

Det svider inte överhuvudtaget, mer som att dricka illaluktande och illasmakande vatten, en vätska som på något underligt vis lossar huvudet från hans axlar, trots att Moo Daeng aldrig tidigare känt sig mer hel. Det finns inte längre några märken, jack eller ärr på hans kropp, utan allt har täckts av ett mjukt velourskinn. Något man kan svepa in sig i, och somna bakom, eller kanske under.

Och så har tennstopet gjort sin runda igen.

Han tittar upp från sina knän och ser att han är i centrum. Alla stirrar på honom, fast inte rastlöst och irriterat, utan vänligt och varmt. Så han tömmer bägaren och mottar ett rungande skratt, därefter en applåd och ett par dunkar i ryggen. Det är varmt därinne i elstationen och trumslagaren lämnar hans mage för att placera sig likt en färggrann kokong runt dem alla. En bubbla som växer i både styrka och kraft för varje bultande, spritfyllt trumslag, och i mitten av allt detta mjuka och välkomnande känner Moo Daeng hur hans strama läppar för en gångs skull öppnar sig som på de andra. Det vill säga åt sidorna, likt ett något böjt streck, och på det där småskrattande viset han inte trodde sig vara förmögen till.

Ett fnissande leende och inte ett blodtörstigt bett.

ONSDAG DEN 6 AUGUSTI

Jag rör vid mina bröst med vänsterhanden medan jag knyter fingrarna om lakanet med högerhanden. Stirrar upp i taket, känner efter och märker att allt är helt, felfritt och alldeles normalt. På ytan i alla fall. Inga blåmärken, sår eller rodnader, knappt ens någon ömhet, och ändå gör det så fruktansvärt ont precis överallt. Fast *ont* är inte riktigt korrekt. Som så många gånger tidigare har jag svårt att hitta rätt ord för att beskriva vad jag egentligen känner. Det gör i och för sig ont, men inte som om någon slagit en i magen, och ändå är det just i magtrakten det värker som mest.

När jag blundar kan jag känna hans läppar och kalla tunga tryckas mot mina bröst. Han slickar bröstvårtorna aggressivt och hetsigt, för att slutligen börja suga lika girigt som om han vore ett vuxet spädbarn. I mörkret bakom mina stängda ögonlock träder hans händer fram också och jag förnimmer dem med mitt skinn likt svidande örfilar. Jag tvingar mig själv att slappna av för att minska friktionen. Låter honom undersöka varenda kvadratcentimeter av min kropp i hopp om att det hela ska ta slut snabbare. Men hans händer är outtröttliga. De glider in och ut genom vartenda litet undangömt skrymsle, som om han aldrig tidigare fått tillfälle att verkligen utforska en kvinna. Påträngande nyfikna lemmar som slutligen pressas in mellan benen på mig. Först ett ensamt finger, sedan två, som han för fram och tillbaka i en allt hastigare takt. Det svider och jag flyttar tanken från smärtan till bilden av rinnande vatten. Något kallt och dämpande. En djuphavsgrav utan några som helst ljuspunkter. Ett ogenomträngligt mörker som upplöser kroppens linjer och vad som finns inom dem.

Och så träder hans tunga fram igen, med start över anklarna och smalbenen, för att sluta med hela huvudet placerat mellan mina lår. Jag fäster blicken i taket och förstår att det kommer att göra riktigt ont om jag inte lyckas förvandla mig till en medgörlig docka. För han är så mycket större än mig och jag fattar inte att jag inte såg det på baren. Det enda sättet för mig att ta kontroll över situationen är att vända huvudet mot det rangliga nattduksbordet där de fyra femhundralapparna ligger. Därefter tänker jag på klockan och inser att det redan måste ha gått tjugo minuter på vår bokade timme. Sedan tittar jag på sedlarna igen och inser att jag under den resterande tiden kommer att tjäna lika mycket som jag gör på sju dagars hårt arbete. Det vill säga sjuttio timmar mot fyrtio minuter.

Jag tar denna tanke och smeker ut den över skinnet. Lägger den likt guldfärgade blad över brösten, magen och låren och sticker in den mellan hans energiska tunga och mitt motvilliga kön. När pengarna väl ligger där som ett skyddande hölje stillnar min hjärna något. Allt saktar ner och framträder tydligare. I samband med denna tydlighet uppenbarar sig ytterligare en sanning, nämligen den att fyrtio minuter ingalunda behöver vara fyrtio minuter. Fyrtio minuter kan faktiskt bli trettio minuter. Och trettio minuter kan bli tjugo minuter. Och tjugo minuter kan till och med bli tio minuter. Och i tio minuter kan man stå ut med precis *allt*.

Inget hinner raseras och störtas till marken på blott sex hundra sekunder, vilket gör att jag grabbar tag om västerlänningens skalle och pressar hans mun hårt mot mitt kön samtidigt som jag börjar väsa fram alla dessa ord som jag vet får igång en kåt, ung man. Dessutom, i takt med att obsceniteterna strömmar ur mig, stöter jag med underlivet mot hans långa tunga och när han förvånat höjer huvudet tvingar jag fram en ställning där han helt enkelt måste glida in i mig.

Trots smärtan av den allt annat än varsamma penetrationen ökar jag tempot och säger allt grövre saker. Nu är det mina händer som bestämmer, fastän de förlorat all form av vilja, och de tvingar ner honom på rygg så att jag kan höja takten ytterligare utan att riskera permanenta skador. Jag rider hans stenhårda lem, trycker händerna mot hans bröst, kastar med håret, stönar högljutt, river med naglarna och skriker med våt röst: "YOU FUCK ME SOOOO GOOD ... YOUR DICK SOOOO FUCKING GOOD ... MY WET PUSSY LOVES YOUR BIG FUCKING DICK ... PUSSY LOVES YOU SOOOO MUCH ... "

För varje plågsam stöt passerar en oändligt utdragen sekund. Jag räknar dessa svidande stötar och omöjliga sekunder, lägger dem samman till minuter och ökar tempot ytterligare för att pressa fram det befriande slutet. När jag når fem och en halv minut känner jag hur hans kropp börjar spännas likt en utsträckt gummisnodd. Skälvande. En värld på väg att brisera. I samma stund som han fyller mig med allt det där kladdiga och äckliga inser jag skräckslaget att jag glömde bort att tvinga på honom en kondom. Och nu när jag ligger här i mitt rum och tänker på den där vidriga, vita sörjan reser jag mig för att gå på toaletten.

Jag fyller en balja med vatten och skrevar brett för att tvätta ur mig för en kanske tionde gång. Fastän jag är väl medveten om att denna tvagning inte kommer att hjälpa så gör jag det ändå igen och igen och igen. Jag kan inte stoppa mig själv för så snart jag lägger mig på sängen känns det som om ett levande ting rör sig därnere. I mitt underliv. Något som ligger klistrat mot mina gångar och som droppar ur mig i stinkande klumpar. En främmande varelse som vägrar att ge sig av. Jag förmår varken stöta ut den eller bilden av mig själv över engelsklärarens hårda lem. Hur jag stönar och skriker och vänder ut och in på mig själv för att bli mitt nya mål.

Efteråt var jag tvungen att vila med huvudet mot hans bröstkorg; var tvungen att smeka honom över magen; var tvungen att låta honom krama mig varsamt; var tvungen att greppa tag om hans återigen hårda lem; var tvungen att dra hans spända förhud fram och tillbaka; var tvungen att med ett leende över läpparna känna hur näven fylldes med nästan lika mycket säd som börjat rinna nedför låren på mig; var tvungen att vara mjuk, tilldragande och inte minst tacksam för allt det vackra han visat mig; var tvungen att ligga där och sucka i utrymmet mellan hans svettiga haka och hals medan den befriande sekundvisaren började vandra baklänges.

En klocka som slutligen stannade.

En klocka som aldrig någonsin kommer att visa en ny tid.

...

...

Noi tar inte emot påsen med kläder jag räcker henne. Först sträckte hon i och för sig ut handen, men när hon förstod vad jag packat ned i den drog hon omedelbart tillbaka armen och tittade undrande på mig, vilket hon fortfarande gör. Ler och grinar på en och samma gång och låter det hårda blänket i ögonen sprida sig över resten av kroppen.

Okuvlig. Men jag är inte så säker på det där ordet längre. Det är något annat. En term jag kanske inte ens tycker om men likväl förstår mig på eftersom det handlar om rangordning. Platsen man placeras i och på av en annan människas bestämmande hand och sinnelag. Pat och Pom ställer sig med ens bakom Noi. Pat smilar brett och skadeglatt medan Pom ser arg ut. Någon måste säga något, men ingen gör det, utan vi alla bara stirrar på varandra med olika svårtydda ansiktsuttryck klistrade över våra munnar och runt våra ögon. Det blir Pom som agerar först. Hon vänder sig helt enkelt om och går sin väg. Pats leende blir då ännu större och det blänker till i hennes ögon. Men det är en annan sorts skimmer än det som återfinns i Nois blick. Farligare. Och mer likt ett rostigt rakblad än en vackert dekorerad kniv.

Jag vill be om ursäkt, men förstår inte varför, eller ens för vad. Likväl känner jag att det finns ett så väldigt stort *förlåt* som vill lägga sig mellan oss likt en bro man kan vandra över. Fast ändå inte, för gapet under mig är bråddjupt och lockande, likt en hemlighet man bara måste få höra. Jag vet inte vad jag vill. Det är tomt i skallen på mig. Däremot hänger det en påse i slutet av min hand som väger över tusen kilo. Den är så tung att den drar mig mot marken, hotar med att knäcka min rygg och begrava mig under ett tjockt lager blågrå lera utan vare sig mylla eller näring. Någon måste befria mig från denna påse, som jag fortfarande håller utsträckt mot Noi. Någon måste ta emot dessa mörkblå jeans, denna tajta, vita tröja och dessa snäckskalsprydda sandaler.

Jag har på mig mina gamla vanliga kläder igen, vilka är smutsiga och fläckade av matolja. Plagg man kan använda medan man steker fläsk i köket eller ligger på knä och skurar nedskitna toaletter rena. En enkel utstyrsel som stinker av en blandning av härsket kött, matos, kryddor och rengöringsmedel. Det är Noi som slutligen bryter tystnaden som lämnades kvar efter att Pom stormade iväg med en fnysning. Hon säger "det betyder inget". Hon säger det dessutom två gånger och med eftertryck.

Det Betyder Inget.

Pat rynkar lite förvånat på ögonbrynen och går sedan undan medan jag och Noi står kvar mittemot varandra. För en första gång tittar jag henne i ögonen, utan att vika undan, och det känns bra. Faktum är att om jag kan titta Noi i ögonen så kan jag titta vem som helst i ögonen. Denna upplyftande känsla får mig att glömma allt det där kladdiga och äckliga som fortfarande ligger kvar i min kropp. Den smälter även isen i min mage, tvättar bort de fingerspetsstora fläckarna från mitt skinn, gör mina bröstvårtor torra och oömma och låter mig sväva absolut fritt under en kort stund i Nois ögon.

Blänket i hennes blick är inte längre hotfullt utan tryggt och dräpande starkt, likt en kökskniv man kan använda sig av för att avskilja trevande fingrar från grova händer. Allt detta vackra och hårda jag alltid sett i Nois ständigt raka rygg får med ens sin förklaring i de tre överartikulerade orden hon nyss spottade ur sig: *Det Betyder Inget.*

Plötsligt sträcker hon ut handen och fångar tag i påsen, som inte längre väger mer än vad som faktiskt ligger i den, och säger: "Jag har andra grejer du kan få låna."

"Okej", svarar jag lågmält.

"Är det något, så fråga bara. Var inte blyg, hör du det, var inte blyg".

"Okej", säger jag lika tystlåtet för en andra gång.

Sedan vinkar hon med handen mot tjejerna som står vid ingången. Pat följer hennes uppmanande finger och släntrar tillbaka till oss. Hennes leende är lika brett som tidigare och hon fångar tag i min arm för att drar med mig till rummet tjejerna delar bredvid köket, den hemliga grottan där de gör sig i ordning inför kvällen, där förtroenden och knep utbyts mellan spända läppar, där världen är öppen, ljus och spännande trots att man inte kan se längre än vad man förmår greppa med handen. En plats utan historia eller framtid.

Pat börjar för ovanlighetens skull prata med mig om allt möjligt och på ett helt annat sätt än tidigare. Men jag hör inte riktigt vad hon säger, bara en massa osammanhängande ord och lösryckta fraser som bryts ned och sprids ut för vinden av det våldsamma tumultet inom mig. Men jag nickar och låter henne sätta mig framför spegeln; och jag nickar och låter henne dra av mig blusen som är fläckad av matolja; och jag nickar och låter henne spruta lite parfym på min hals; och jag nickar och låter henne klämma på mina bröst medan hon hummar uppmuntrande; och jag nickar och låter henne plocka fram en svart tröja med guldpaljetter; och jag nickar och låter henne trä den över mitt huvud; och jag nickar och låter henne fånga tag i min hand för att få mig att resa mig upp; och jag nickar och låter henne ta av mig mina byxor med smutsfläckar på knäna; och jag nickar när hon pekar på mina trosor och skrattar; och jag nickar när hon efter ett par minuter i den stora, gemensamma garderoben kommer tillbaka med ett par smala trosor i vit spets; och jag nickar när hon ber mig avlägsna mina kärringtrosor för att sätta på mig de nya; och jag nickar när hon ser mitt underliv och skrattar högt för en andra gång; och jag nickar när hon plockar upp en sax och pekar på toaletten och säger att allt måste bort innan man kan sätta på sig ett par smala trosor i vit spets; och jag nickar när jag tar emot saxen; och jag nickar när jag med handen för underlivet kommer tillbaka bara för att se henne peka kritiskt mot badrummet igen; och jag nickar när hon tar emot saxen och hummar gillande då jag återvänder; och jag nickar när hon säger något om att jag inte får förstöra ryktet för de andra genom att se ut och bete mig som en smutsig bonde; och jag nickar när hon återigen hummar gillande efter att jag stigit i trosorna; och jag nickar när hon hummar gillande för en tredje gång efter att jag dragit på mig en kort, svart kjol; och jag nickar när hon pekar på pallen framför spegeln; och jag nickar när hon börjar kamma mitt hår; och jag nickar när hon säger att hon ska sminka mig till den vackraste lilla slynan i stan.

På pallen framför spegeln sitter en människa jag inte känner igen. Något är allvarligt fel på henne, för hennes huvud guppar upp och ned som om det inte skulle sitta riktigt fast.

Ett evigt nickande medan det gamla och tråkiga begravs under något nytt och spännande, vilket dock är tunt som silkespapper. Allt som krävs för att det hela ska kollapsa är en liten rispa med lillfingernageln. Höljet är så bräckligt att jag knappt vågar vidröra denna nya kvinna i spegeln, fastän jag egentligen vill spränga mig loss med ett högljutt skrik.

Pat avslutar med att smörja in mitt ansikte med en kladdig blandning av talk och hudlotion. En väldoftande smet som lägger sig likt en blek slöja över skinnet och döljer allt det brunbrända och fula. Något som är vackert eftersom det ägs av en person jag aldrig kan bli eller får vara. Ja, dockan på pallen är faktiskt vacker. Den svarta tröjan med guldpaljetter är faktiskt vacker. Det bakåtkammade håret är faktiskt vackert. De svarta bårderna runt ögonen är faktiskt vackra. Den lätt rödfärgade munnen är faktiskt vacker. Den smala kroppen är faktiskt vacker. Och trots att dockan tänker att det är vansinne att allt detta vackra enbart får leva under natten på en undangömd bar tre kvarter bortom Silom säger den inget.

Dockan sväljer istället gårdagen. Dockan stuvar under allt med undantag av vad man kan se i spegeln samt pengarna som ligger väntande i denna reflektions handväska. Och dockan känner att den vill sträcka sig mot de fyra femhundralapparna och lägga dem mot sitt svala skinn. Uppleva tyngden av dem. Allt det outsagda som sytts fast i de höga valörerna. För de innehar en helt makalös vikt.

När jag vaknade i morse ville jag inte se dem, men nu känner jag något annat, och bakgrunden till denna förändring vilar i det faktum att personen som för sju timmar sedan slog upp ögonen i sitt garderobsstora rum inte har någon släktskap med den sminkade mannekängen framför spegeln. Kvinnan som hjälpt denna person att vakna till liv är inte heller någon jag tidigare träffat. Pat är inte Pat. Och jag är inte jag. Utan Pat är jag och jag är Pat och plötsligt kan vi tala med varandra på riktigt. Med ord som inte behöver överbrygga stora avstånd. Med ord som inte ändrar innebörd beroende på vem det är som säger dem.

Jag tittar på mig själv i spegeln och förstår att det fortfarande finns tid att vända om. Det existerar ett ännu öppet utrymme mellan det nya och det gamla som kan användas för att störta det bräckliga bygget genom att helt enkelt sluta nicka. Men luckan håller på att stängas. Jag kan känna att den där vita krämen Pat smetade in mina kinder med är på väg ned till skelettet och om den hinner dit så går det inte att tvätta bort den.

Medan sminket tränger djupare och djupare tar Pat ett steg bakåt och granskar mig, sin skapelse, och suckar belåtet. Därefter, precis som Noi gjorde igår, säger hon: "Du är faktiskt ganska fin." En kommentar som får det att svida i magen eftersom jag på samma gång blir så väldigt glad för den. Men jag vill inte vara beroende av deras uppskattning eller komplimanger. Jag vill vara så mycket större än det. Men det går ju inte. För om ingen ser mig, så finns jag inte heller. Och det gör ont att inte finnas. Det smärtar att leva i en spricka i betongen, trots att man intalat sig att det är där man hör hemma och mår som bäst.

Jag avbryts i mina tankar av att Pat plötsligt frågar: "Hur var han egentligen?" Jag tvekar, bara i ett par sekunder, men hinner ta ett oåterkalleligt beslut under denna korta tidsrymd. Jag öppnar munnen och säger: "Han var snäll."

Pat ler. Sedan riktar jag fram huvudet, stirrar in i dockans stora ögon och återvänder till mötet med engelskläraren. Jag ser oss tillsammans i baren, där han kärleksfullt smekte min handlov med tummen, och vid vårt bord suddar jag ut allt med undantag av hur omtänksam han var som köpte mig en cola och själv drack enbart *en* öl. Sedan tittar jag på vår promenad nedför gatan till Blue Hotel och hur noga han var med att hålla mig i handen; och hur noga han var med att bete sig artigt mot receptionisten; och hur noga han var med att hålla upp dörren för mig; och hur noga han var med att erbjuda mig ett glas vatten efter att vi klivit in i det lilla rummet och låst bakom oss; och hur noga han var med att sakta avlägsna mina plagg; och hur noga han var med att själv erbjuda sig att tvätta sitt kön eftersom jag glömde bort att säga till honom. Och sedan tittar jag på hur han behandlade min kropp som om den vore ett värdefullt föremål; och hur varsam han var med mina bröst; och hur löst hans hårda grepp kändes; och hur länge han låg mellan mina ben med sin tunga och mun. Jag förstår även att den enda anledningen till att han låg så länge mellan mina ben var för att han *verkligen, verkligen, verkligen* ville att jag skulle njuta lika mycket av mötet som han själv gjorde. Därefter tittar jag på hur jag grenslade honom och att jag borde känna mig tacksam över att ha fått använda min kropp som en riktig kvinna. Sedan tänker jag att de obscena orden jag spottade fram var fullständigt naturliga och att jag innerst inne menade dem. Efter det tittar jag på hur go han var efter att ha kommit i mitt så tacksamma sköte; och hur underbar han var som ville att jag skulle ligga tryckt mot honom som om jag vore en riktig flickvän; och hur mycket han respekterade min kropp genom att bara använda sig av min hand för att komma en andra gång; och hur han gjorde så att jag kände mig som en väldigt speciell person; och hur han fick varenda minut under denna extremt långa timme att ticka fram utan fruktan och ånger.

Allt hände för att jag ville att det skulle hända, av egen fri vilja, och denna lögn sväljer jag som om den vore ett stort och lyckogörande piller. Jag tvingar ned det i magen och känner höljet lösa upp sig för att låta magsyran transportera lögnen vidare ut i blodet, genom hela kroppen och in i varenda cell. Äkta lögner som för mig ut ur skuggan och in i elden. Ord som säger mig att denna förtärande flamma är det mest naturliga i världen. För allt jag behöver göra är att noggrant välja hur jag ska beskriva vad som händer, har hänt eller ska hända. Inget annat, det är allt. Ett sållande av berättelser för att friktionsfritt och härligt mjukt kunna röra sig ständigt framåt iförd en dockas kläder och med porslinsblanka kinder och ögon. En mask som tränger ned på djupet och upplöser alla konflikter. I synnerhet den mellan mig och de fyra femhundralapparna som kapslats in av härsket kött och blod. Två av dem kommer dessutom att göra så att en gammal mormor på landsbygden får leva lite längre. En mormor som dock måste dräpas. För denna docka har inga släktingar. En docka är utan familj eftersom den fötts ur en annan människas skapande hand.

Pat tar ett steg bort ifrån spegeln och betraktar sitt mästerverk för en andra gång och frågar: ”Kommer han tillbaka?”

Fylld av lögnen som rusat genom mitt blod under de senaste tio minuterna svarar jag med ett öppet och glatt leende klistrat över läpparna: ”Jag *verkligen* hoppas det.”

BAAN NONG JAAN

Fingertopparna glider över kläderna. Han tycker sig kunna känna färgerna med skinnet, hur det liksom bränner till när de passerar ett blått eller rött plagg.

Noys och Oys favoritfärger.

Moo Daeng blundar och spinner runt klädsnurran med den ena handen medan han med den andra låter tröjorna och klänningarna stryka mot huden. Och så plötsligt pirrar det till igen, en stickande känsla som sprider sig uppför armen och ut mot bröstet. Men när han öppnar ögonen ser han att det är en gul T-shirt.

Moo Daeng ler först, är på väg att skratta åt den larviga lilla tanken, men sväljer känslan och går vidare. Det är nämligen inte bara färgen som inte stämmer, utan även priset. Alltför rabatterat. Idag vill han inte köpa något som kapats med femtio procent, det vill säga en produkt som sållats ut av andra som mindre värd, mindre attraktiv, mindre utmärkande, mindre tilltalande. Det ska vara ett plagg som andas pengar, och med en riktig prislapp. Ingenting handskrivet, utan en tydlig och professionell datorutskrift. Tresiffrigt dessutom, och med igenkännbara märken i form av utländska broderier.

Kanske ett par vita sportränder. Eller varför inte en ensam krokodil med öppet gap.

Som han sett på teve.

Moo Daeng börjar ta sig ut från de tätt sammanpackade marknadsstånden för att gå till det inglasade shoppingcentrumet istället. De stora parasollerna runtom honom, vilka överlappar varandra som fjällen på en fisk, stänger ute solen men kapslar in värmen, och medan han rör sig uppför en av de många gångarna ser han gatan längre fram bada i skarpt ljus. En klart upplyst scen som bilar och skotrar rusar fram och tillbaka över, farligt nära köken som trängts ihop på trottoarkanten.

Luften är tjock under fiskens fjäll och fylld av en påträngande blandning av sötma, het chiliolja, svett och tunga andetag. Moo Daeng stannar plötsligt mitt i ett steg och blir stående i hjärtat av den påfrestande värmen. Stirrar på gatan framför sig, trafiken och folket, det organiserade kaoset. Svänger sedan runt och noterar hur hans kropp skapat en kil i flödet av shoppare, delar upp dem som en vågbrytare.

Folk muttrar irriterat, några går in i honom med flit, en axel här och en armbåge där, men han rör sig inte. Klarar inte av det. Moo Daeng känner att något är på väg att ta slut. Eller kanske redan har tagit slut. En sorts rörelseprincip som upphört att gälla, nämligen detta att högerarmen bör svänga lite när vänsterbenet förs fram, och att vänsterarmen bör svänga lite när högerbenet förs fram. Elementär motorik som upplösts i en obehaglig känsla av att vara totalt främmande inför sig själv, och vad man gjort.

Han ser framför sig hur Noy och Oy springer bort ifrån honom, över de uttorkade, uttjänta och förgiftade risfälten som omgärdar deras hus. Det ljusa mörkret i deras ögon. Det där chockartade och skräckslagna av att förstå att den berusade människan som jagar dem inte innehåller något alls av storebror. Ett yttre som liknar personen de känner, och som de vuxit upp med och bundit sig till, men utan att inrymma vare sig känslorna eller minnena de delar med varandra. Likt ett tomt hål i natten. En formlös gestalt som vill fyllas av andras panikslagna skrik. Och om han går ut i ljuset, så går han även in i bilden av denna vettvilling. Blir ett med raseriet genom att acceptera att vad han enbart minns i suddiga, drömlika sekvenser faktiskt inträffade och att en ny kjol eller tröja inte kommer att kunna överskyla våldet eller tvätta Noy och Oy rena.

Återställa det hängivna i deras ansikten.

Han mår illa igen, men inte som när han vaknade halvnaken utanför tomten och kräktes i buskarna. Detta är något annat; en galen cirkus bakom pannbenet som gör att han vill sjunka ned genom jorden och försvinna. Kanske till och med brinna upp. För det skarpa ljuset ute på gatan, skenet som får honom att vilja kräkas blod, kräver en fortsättning. Det hänger dessutom ihop med så mycket annat. Ett lapptäcke av stötande minnen som antingen hållits på avstånd eller omarbetats för att passa den nödvändiga ordningen, rutinerna som krävts för att få allt det felaktiga och sjuka att fungera på ett någorlunda korrekt vis. För det är det han alltid har sagt till sig själv: det var en kärleksfullt uppfostrande hand och inte en svidande örfil, det var en uppbygglig tillrättavisning och inte en nedlåtande spydighet, det var en förevisning av livets realiteter och inte ett våldsamt krokben.

Att skänka en gåva i form av att avliva alla former av drömmar.

Moo Daeng rör slutligen på sig, tvingar igång benen och föser sig framåt, men det går sakta, bara ett par steg i taget, för allt har plötsligt erhållit tyngd. Vartenda andetag stretar emot. Minimala rörelser som inte längre aktiveras automatiskt, utan han är faktiskt tvungen att tänka på att andas, tvungen att tänka på att luften ska in genom näsan och ut genom munnen, tvungen att tänka på att ett hjärta behöver slå för att resten ska leva. Om och om igen; en naturlig process som omvandlats till en ren viljeakt eftersom allt blockeras av Noys och Oys skräckslagna blickar.

Det räcker inte med lite nya kläder idag, oavsett färg eller prislapp. Det räcker inte, inte den här gången, och aldrig någonsin igen. Men där finns också en konkurrerande tanke, och den är vass som ett rakblad. Den skär genom hans insida medan den sakta och överartikulerat uttalas av skuggan som dök upp bland risfälten bortom polismannens ägor: *du är en hund, och hundar ska inte ångra sitt bett, för detta skarpa bett är allt de har.*

Bakom rösten vilar ett collage av suddiga bilder, minnesfragment han tidigare vägrat att erkänna eftersom de varit för drömlika för att kunna ha sitt ursprung i verkliga historier. Men de springer framför honom, Noy och Oy, och de har alltid sprungit framför honom. Rusande små ben genom mörkret, fötter som inte nuddar jorden han själv rör sig över, vita linnen och svarta hår i den gröna oceanen som han försöker dra ned under ytan och bort från ljuset.

Dränka för att släppas fri.

Benen sviktar under hans tyngd och illamåendet kommer tillbaka, värre än tidigare. Ett illamående som härstammar från gårdagens avslutande händelser, det svaga minnet efter att ha körts hem från den utblåsta elstationen. Inte mer än ett par minuter sammanlagt. Ett knä i marken, kinden mot gräset, ett kort skratt och så en motor som avlägsnar sig. Sedan Noy och Oy bredvid honom. Han ser sig själv sitta upp nu, utanför huset på trappan, och han håller i en pinne. Och plötsligt står han framför Noy som gömt sig bakom en av vattentunnorna, inklämd mellan husväggen och högarna med bråte och ved. Hon darrar, ögonen är stora som tefat, och när grenen flyger mot hennes axlar skriker hon.

Oy skriker också.

Hon störtar fram för att hålla om sin syster, skydda henne med sin egen kropp genom att ta emot slagen som regnar över dem. Men grenen är ingen riktig gren utan mer lik en kraftig vidja, en piskliknande kvist som svider men varken bryter eller dödar, och som därför kan höjas igen och igen och igen. Ett outtröttligt batteri av vildsinta rapp som lämnar blodlösa ränder efter sig som bränner likt syra.

De springer nu, tillsammans och hand i hand, två skräckslagna systrar som fortfarande, någotsånär, håller Moo Daeng över ytan. Men för varje stapplande steg sjunker de lite längre ned i den mörka dyn, mot kramen som aldrig kommer att släppa taget, denna mörka fortsättning av liv ingen skulle sakna.

De springer och deras sönderrivna nattlinnen fladdrar i vinden. De springer över det torra gräset. De springer och skriker likt plågade grisar. Och Moo Daeng kommer efter dem med piskan, med den långa rankan, med den sköna förlängningen av allt det som tvingats in i hans mun, och ned i hans mage. Han varken hotar eller höjer rösten, utan han är lika tyst som natten. Och lika obeveklig.

Moo Daeng tar stöd mot ett av marknadsstånden för att inte falla omkull. Huvudet är fullt av våldsamma bilder. De är så tydliga: grenen, de små kropparna, de röda märkena.

Han ser sig själv slita av dem kläderna, vartenda litet plagg, och hur han slänger ned flickorna på marken för att sikta mot deras bröst och rumpor, markerar varenda kvadratcentimeter av kött nedanför halsen med långsmala, blodröda stämplar. Bilder som hugger likt knivar. Han hör vidjans klyvande av luften, den skarpa vindilen som skapas av den kvicka rörelsen, och han hör gråten. En högljudd och panikartad klagan som slutligen lyckas överrösta den rödglödgade vreden som pulserar fram genom hans blod.

Moo Daeng vacklar till och sjunker ned på knä i den uppluckrade jorden bland de patrullerande fötterna och marknadsstånden. Minnet är äkta; han kan känna det. Han piskar sina systrar för att de vägrar att släppa honom fri, han piskar sina systrar för att de inte kan stoppa honom, han piskar sina systrar lika hänsynslöst som han tycker att världen har piskat honom.

Det räcker inte med en ny tröja, kjol eller klänning idag, oavsett färg eller prislapp. Inte idag, och aldrig någonsin igen.

ONSDAG DEN 23 OKTOBER

Mitt ansikte stretar inte emot längre. Det sticks inte när jag lägger kajalpennan mot den nedre delen av ögat, det svider inte när jag placerar läppstiftet mot mina putande läppar, det bränner inte när jag stänker glitter över kinderna, det ömmar inte när jag kammar bak håret i en hård, okuvlig knut.

Jag känner ingenting när jag stiger i mina smala trosor i vit spets.

Ingenting.

...

...

Gregg står utanför baren, sneglar in genom den öppna entrén och nickar mot Pat, som ilsket riktar bort huvudet. Då tittar han på mig istället, vilket gör att jag snurrar runt mot Pat, men hon har redan försvunnit in i vår mysiga lilla grotta på baksidan. Platsen där vi förvandlar oss till prunkande fjärilar som enbart lever en dag åt gången

Jag tvekar först, men Gregg står kvar vid gränsen mellan gata och bar och stirrar bedjande på mig. Så jag gör honom till lags, precis som jag lärt mig att man ska göra för att kunna

171

styra situationen på bästa möjliga sätt. Nicka och lyda fast ständigt tänka och analysera. Jag ser ut som en foglig hund, men vet att det bara är för stunden, i väntan på *öppningen* som förr eller senare kommer att uppenbara sig. För det har Noi sagt till oss alla. Hon går däremot inte in på detalj om vad det är för en sorts *öppning* vi letar efter, eller vad vi ska göra med denna *öppning* när vi hittar den, likväl kan hon inte sluta att prata om det.

Gregg tittar knappt på mig när jag kommer fram till honom utan fortsätter att stirra mot punkten där han senast såg Pat, som om delar av henne fortfarande skulle finnas kvar i luften. Hennes doft, kanske. Eller varför inte minnet av alla hennes villiga hålrum och känslan av våt, ung hud under gamla, nariga händer. Greggs händer är i och för sig inte särskilt gamla. Det finns långt mycket äldre händer som utforskar varorna till försäljning i denna gränd. Händer som inte skulle passa hans kropp, trots allt han är kapabel till och har visat sig vilja göra.

Gregg har visserligen aldrig rört mig, av två anledningar. Dels så verkar jag inte finnas i hans värld så som kvinna, så som svettigt skinn, så som grepp och vätska, så som stön och sliskiga ord, så som bortvänd blick och vidöppna ögon. Men allt detta beror antagligen på den andra anledningen, nämligen att Gregg är Pats egendom. Hon har å andra sidan vänt honom ryggen, vilket innebär att jag äger rätten till hans beröring, fastän jag inte vill ha den.

Han tittar inte på mig utan fortsätter att stirra mot tomrummet efter Pat och jag undrar varför. För män likt Gregg bryr sig inte om känslor, det är jag säker på – å andra sidan måste man äga någon form av känsloliv för att kunna stirra så desperat mot en obefintlig punkt i mitten av ytterligare ett meningslöst utrymme. Jag vet i och för sig vad han gjort och varför Pat har klippt bort hans huvud från alla deras gemensamma foton. Jag förstår till fullo varför hon har börjat sjunka ner i dyn på det där läskiga sättet man ser i de mörkare hörnen av vår gränd, bland kvinnorna som inte orkar hålla uppe fasaden, bland kropparna som plötsligt *bara* ser pengarna eftersom skinnen de lever inom redan börjat dö av sprickor som vägrar att läka.

Pat, skaparen av den välmående dockan jag placerats inuti, verkar ha mist balansen och knuffats närmare stupet av Greggs beslut att åka hem. Och inte bara på någon veckas semester utan för gott. En son ingen vetat någonting om har dött och ett barnbarn ingen heller vetat någonting om står utan en far, vilket är allt vi vet. Ja, tillsammans med faktumet att Gregg sa till Pat att hon inte var välkommen att följa med, trots att de varit så härligt förljugna under de senaste månaderna att man nästan kunnat tro att de varit involverade i ett riktigt förhållande.

När Gregg rättframt och brutalt förklarade att han inte tänkte kontakta ambassaden för att fixa fram ett visum åt henne hade Pat frågat varför. Gregg hade då stillatigande svept med fingret mot henne, från tårna ända upp till håret, det ville säga över hennes smala mage, onaturligt stora bröst, snygga smink, höga klackar, korta kjol, grova ordförråd, världsvana blick och låga ålder. Sedan hade han sagt: "Det fattar du väl."

Det tog en dag eller två för Pat att greppa den fulla innebörden av vad Gregg klämt ur sig, men inte själva omständigheten att hon inte fick följa med till USA utan snarare hur han samlat ihop allt hon var under en svepande, och närmast nonchalant, handrörelse för att sedan avfärda det lika snabbt som man stänger en dörr bakom sig. Bara så där: ned med handtaget och så en ljudlös smäll som släcker ljuset i ett brinnande litet universum.

Jag ställer mig framför Gregg och tittar på handen som han nu sänkt till sidan av kroppen och ögonen som sakta kryper tillbaka in i skallen på honom, bort från tomrummet den döende stjärnan lämnade bakom sig. Han riktar slutligen blicken – denna fasansfulla reduktion av levande ting – mot mig. Det finns vissa känslor där, jag förstår det nu, för annars skulle han inte vara här dagen innan planet lyfter. Och dessa känslor, som jag inte vill veta någonting om, presenteras plötsligt för mig i skepnad av ett förseglat litet brev. Han stirrar på mig med konstigt våta ögon och säger: "Soy, du måste hjälpa mig!"

"Hjälpa med vadå?" svarar jag undrande.

"Med Pat."

"Hjälpa med vadå?"

"Med Pat, sa jag ju!"

"Hjälpa med vadå?" upprepar jag för en tredje gång.

Vi båda rycker till av den konstiga tonen jag axlat, som inte alls passar en person som ständigt sänker blicken mot golvet för att låta världen få fortsätta att snurra runt, runt, runt en svart liten punkt utan vare sig skönhet eller glädje. Jag känner mig arg också, som om jag är på väg att få ett utbrott, men förstår inte varför utan ilskan bara finns där. När jag tänker på hur Gregg och Pat vuxit samman genom sitt gemensamma förakt för precis allt vältrar sig liksom en stormvåg av absolut avsky över mig. En tidigare osynlig dyning som samlat kraft över ett öppet och vidsträckt hav i åratal. Jag behöver sätta upp en fördämning innan världen rämnar under mitt eget raseri och säger därför ömt: "Förlåt." Med silkeslen röst lägger jag sedan till: "Det var verkligen inte meningen att reta upp dig. Var inte sur på mig. *Snälla, gulliga.*"

De äckelsöta hororden svider i munnen och av någon udda anledning känner jag för att spotta ur mig fler, men Gregg hinner före och börjar prata om Pat: "Jag förstår att hon är arg, men hon ger mig ju inte någon chans att säga förlåt. Sticker så fort jag kommer, svarar inte heller på telefon. Jag vet inte vad jag ska … "

Hans röst blir grötig och otydlig, som om någon tryckt ned hans huvud i ett kar med kallt vatten. Munnen öppnar sig, ut kommer de engelska ljuden och formar sig till ord, vilka grupperar sig i meningar, men utan att nå fram till mina öron. Jag tittar på honom och kommer på mig själv med att tänka att det är han som är hunden. En varelse som alltid kommer när man kallar och lockropet man använder är alla dessa villiga och motvilliga öppningar en köpt kvinna består av. Gregg är en funktion som försöker upphöja sig till människa genom rädslan över att bli lämnad ensam. Jag minns med ens handen han viftade med medan han stirrade mot tomrummet Pat lämnade bakom sig och tänker att det bästa kanske vore att hugga av honom den.

Eller kanske inte. Jag vet faktiskt inte vem det är som tänker alla dessa tankar, vem det är som står framför Gregg, vem det är som känner denna underliga vrede. Däremot trycks det förseglade brevet i mina händer för en andra gång och i samma stund som jag vinklar ner blicken för att tyda den kladdiga handstilen vänder sig Gregg om och travar iväg mot Silom Road. Jag ser hans rygg i det lilla folkhavet i gränden. En bred rygg som pryds av en välrakad nacke med ett par vita ärr som letar sig upp mot toppen av hans skalle.

Någon sa till mig en gång att Gregg varit soldat. En riktig soldat. Det vill säga en man som faktiskt befunnit sig i krig och tagit liv. Någon som dödat. Men man kan inte se det på hans kropp, som nu smälter samman med den strida strömmen av turister. Han ser ut som alla andra och det enda som skulle kunna skära fram hans konturer ur massan framför mig är namnet jag kan ge honom.

Men jag vägrar.

…

…

Mitt rum är exakt tolv kvadratmeter stort, en nästan perfekt fyrkant. Jag har mätt det och tycker om vad jag ser. Det vill säga att det finns raka och oförsonliga linjer runtom mig.

För ovanlighetens skull har jag placerat min madrass i mitten av rummet. Det ser konstigt ut och det fåtal personer som varit här har även nämnt det. Men vad de inte fattar är att placeringen av min säng skapar en underlig känsla av trygghet. Jag förstår inte riktigt varför, men jag tror att det har att göra med att alla fasta punkter ligger på ett lika stort avstånd, vilket innebär att det inte finns en given riktning.

Det är i alla fall det jag tänker och känner. Min madrass är placerad i mitten av en nästintill exakt kvadrat och därför kan jag varje morgon välja åt vilket håll jag ska röra mig. Med andra ord inget som tvingar mig *hit* eller *dit* eller som säger *här* eller *där* och ändå förflyttar jag mig i samma brant sluttande bana som alltid. Men det är inte den egentliga riktningen det handlar om utan själva *tanken* av ett val. Och om denna tanke enbart är solid nog finns det även ett val att göra. Alltså handlar det också om att tro tillräckligt mycket för att uppenbara valen man annars inte kan se eller ta på. Detta luddiga resonemang har jag synliggjort genom placeringen av min madrass och där väntar jag på att min tro ska växa sig stark nog för att berätta för mig vad jag ska göra.

Just i dag väntar jag med Greggs brev i handen. Jag gav det aldrig till Pat. Faktum är att jag inte ens sa något till henne om Greggs stirrande blick, om de tårfyllda ögonen han fäste på tomrummet hon lämnade bakom sig eller om imitationen av riktiga känslor som fick honom att bete sig likt en riktig människa. Det vill säga en person som förstår att handen man knyter och pekar med oundvikligen träffar andra levande varelser. Någon som till fullo inser att *alla* händer fortplantar sig utanför den egna begränsade omkretsen.

Jag har ännu inte öppnat brevet, inte heller har jag öppnat känslan som fick mig att smuggla ner det i handväskan. Det lustiga är att jag inte ens vill läsa det. Jag har inget som helst intresse av att se Greggs sliskiga ord på papper. Hans avfattade insikt om att han levt för länge i Bangkok och behöver föra något av denna extremt tillåtande stad med sig hem. Det vill säga en kvinna som är en professionell flickvän. En kvinna som är en *sak* som livnärs av sedlarna man trycker in och upp i denna *saks* trettiosjugradiga jordmån.

Blotta tanken på vad som står i detta brev gör mig illamående. För jag är säker på att orden är stora och handlar om kärlek och äkta känslor. Löften som omöjligen kan infrias eftersom de utlovas av en man med ett stort hålrum i sin bröstkorg. Det finns i och för sig något annat där också, sammanblandat med mitt förakt för Gregg, och denna dunkla känsla gör att mina händer hamnar om varsin sida av det lilla kuvertet. Och så plötsligt rycker de till och sliter itu brevet. Därefter blir de två bitarna fyra, och efter det åtta, för att sedan förvandlas till aska på botten av en orange plastskål.

I de gråsvarta pappersflagorna ser jag Pats ansikte, förvridet och fult, och jag trycker min tumme mot det, smetar ut de rynkiga och vanställda dragen över fingret. Därefter torkar jag av mig smutsen på en bit toalettpapper, som jag slänger i soppåsen tillsammans med minnet av allt annat som hänt denna dag. För om vill man ljuga effektivt får man inte ljuga överhuvudtaget. Det innebär att om detta brev aldrig ens existerat, så finns det inte heller något som måste döljas. Med andra ord: vad den ena sidan av personen gör behöver inte vara åtkomligt för vad den andra sidan tror om dem båda. Det är faktiskt fullt möjligt att leva som olika människor i en och samma kropp.

Soy i morgon är inte Soy idag. Och Soy i morgon, som ännu inte blivit född, vet ingenting om något överhuvudtaget.

Soy i morgon är blank som ett oskrivet ark.

I-morgon-Soy är så ren att man nästan kan spegla sig i henne.

BAAN NONG JAAN

Moo Daeng har svårt att sätta ord på det, och slutar att försöka efter ett tag. Han letar inte längre efter något som kan klistras fast över synen, utan låter den träffa honom precis som den är: det mjuka ansiktet, frånvaron av grova linjer, avsaknaden av spänningar.

Vaxlikt slät på sätt och vis, och så väldigt ung, trots att Moo Daeng vet att munken redan fyllt fyrtio eller femtio. När han mediterar är det emellertid som om år skalas av honom. Det är inte heller enbart ansiktet som förändras, utan även kroppen. Han blir helt enkelt en annan i jämförelse med den han är när han samtalar med västerlänningarna, promenerar genom trädgården eller matar hundarna.

Han matar ofta hundarna, tänker Moo Daeng, vilket skiljer honom från munkarna på templet närmare byn. Där är de tystare, och strängare. Mindre engagerade i världen.

Moo Daeng släpper taget om fönsterblecket, landar i det rödfärgade gruset och ser till att ha ryggen fortsatt vänd mot duschrummet så att han inte lockas dit igen. Känslan han fylls av när de nakna kropparna träder fram är för stark, intensiv och långvarig. All denna solbrända hud som han insuper medan han drar i sitt kön vägrar att lämna honom ifred. Den får honom att ligga sömnlös i sitt ruckel, natt efter natt, och gör så att alla andra tankar, planer och drömmar faller i glömska. Likväl rycker det i honom när han passerar det ännu nedsläckta badrummet för att gå runt gaveln på den avlånga tempelbyggnaden. Men han stiger bara in i salen med ett par ensamma steg. Det är fortfarande mörkt ute och om någon såg honom nu, skulle han bli utjagad som den tjuv han kanske innerst inne är.

Det är första gången han är i salen, men Moo Daeng ser inget som skiljer det från det mindre templet utanför byn; samma bilder, samma porträtt, samma berättelse, blott större och med färggrannare illustrationer mot de av guldblad dekorerade statyerna.

Munken sitter med ryggen vänd mot fönstren på den västra långsidan, vilket gör att Moo Daeng enbart kan se halva hans ansikte från de uppslagna dubbeldörrarna. Men det är lika mjukt och öppet som när han stirrade rakt in i det från fönstergluggen han hävde sig upp till. Ett ansikte som inte liknar något annat han tidigare sett. Och därför känner Moo Daeng att han vill fästa ett ord till det, stadga upplevelsen så att han senare kan påminna sig om vad han såg och inte minst kände. Det vill säga detta inbjudande lugn som lyckades tona bort de väntande kropparna i duschrummet.

Och som om denna tanke varit en dominobricka trillar den in i en annan snarlik tanke, nämligen den att han gärna skulle vilja ha ett ord att fästa till sig själv också, men då ett ord som är hans eget och inte en ointresserad förälders, argsint lärares eller falsk polismans egendom. Någon sorts förklaring av vad det är som händer inuti hans huvud och kropp när han kommer för nära folk; allt detta starka och överrumplande som gör att han förlorar kontrollen och blir något han faktiskt inte vill vara, men vilket han ändå känner att han behöver välkomna. Ord som kanske skulle kunna beskriva den skräckblandade förtjusningen av att känna en motståndares ansikte tryckas sönder mot de egna knogarna; ett ord som kanske skulle kunna beskriva rysningen som rusar uppför ryggraden när handen sluter sig om en rulle sedlar; ett ord som kanske skulle kunna beskriva lukten av brännande solljus på otvättat skinn; ett ord som kanske skulle kunna beskriva hungern som aldrig fullständigt stillas; ett ord som kanske skulle kunna beskriva skammen som genomsyrar honom när han skjutsar Noy och Oy på en stulen skoter till skolan; ett ord som kanske skulle kunna beskriva vad han känner när han minuten senare förstår att han inte har någonstans att åka; ett ord som kanske skulle kunna beskriva den panikartade känslan som kommer krypande längs med gruset när han inte rör fötterna snabbt nog, när han står kvar för länge på en och samma plats, då man inser att det enda som egentligen betyder något är hastighet.

Att inte stanna eller pausa, att inte röra sig i en sådan sakta takt att *det* hinner ifatt en. Allt det där som man inte kan ta på men vilket ändå klibbar fast vid en likt illaluktande lim.

Det där som gör en till hund.

Av någon konstig anledning känner Moo Daeng att alla dessa förklarande termer hänger samman med munken som sitter på bastmattorna rakt framför honom med händerna vilande i varandra som en mindre skål i en större. Han är blank, men inte bara i ansiktet, utan även i hela kroppen. Blank är dessutom ett riktigt bra ord, Moo Daeng känner det på en gång. Munken är blank, och hans ansikte är blankt. Ingen ilska, ingen avundsjuka, inget hat, inga känslor överhuvudtaget, men ändå något fruktansvärt vackert och mänskligt.

Ett ursprungligt ansikte som är barnlikt öppet i sin renhet.

Moo Daeng har utan att tänka på det korsat hela salen och höjer handen försiktigt mot munken, men stannar med fingrarna ett par centimeter ifrån hans läppar. Han kan känna andetagen som strömmar ut från munkens näsa, ljummen luft som i osynliga bollar rullar fram över Moo Daengs utsträckta hand, ned längs med armen och in mot bröstet. Något man borde kunna fylla sig med för att bli lite mindre tung i kroppen; ballonger som kan föra upp en ur myllan och kapa av rötterna innan de hunnit nästla sig för långt in.

Moo Daeng drar sakta åt sig handen och tittar på den; ser blod under naglarna, blod över knogarna, blod i skinnvecken, levrat blod under själva huden. Det gör ont, och innanför bröstkorgen river det likt något försöker ta sig ut. En levande varelse med långa, vassa klor som inte längre trivs i värden den ockuperar.

Blicken söker sig till munken igen. Hans ansikte först, det släta och mjuka i den högljudda och skarpa världen, sedan axlarna och formen som skapas av armarnas ställning, därefter händerna och de korslagda benen, som den orangea klädnaden täcker ned till vristerna, och till sist fötterna.

Han är barfota, men gräset under hans fötter kittlas inte, det vassa gruset är utan kanter och hundskiten mellan tårna liknar vanlig matjord. Doften finns helt enkelt inte markerad i hans avspända och vaxlika ansikte, trots de bruna märkena under det grova skinnet. Han uppfattar den inte, stanken av sopor och kloak, fastän den omgärdar honom vart han än går. Inget dröjer sig kvar utan allt passerar bara, likt en vindpust man omöjligen kan stänga inne, eller sluta handen runt. Ett konstant flöde som vägrar att bli stoppat av något annat än ett fullständigt och kompromisslöst avståndstagande.

Noy och Oy är också barfota, men skiten under deras fötter sprider sig istället uppför deras ben likt en ohejdbar sjukdom, och de förgiftade risfälten de springer över griper efter dem med ruttna fingrar som försöker bända upp deras drömmar och tränga in till kärnan av allt – fundamentet som skapar hållbara och trovärdiga bilder av bättre och lyckligare människor i framtiden.

Moo Daeng tittar på munkens fötter och ansikte igen, sedan på de avslappnade händerna och hur rofyllt de vilar i varandra, smala lemmar vilka omöjligen kan knytas samman till hårda släggor. Han vill röra vid honom, smeka hans ansikte med ena fingret, och kanske stoppa det i munnen för att föra över lite av det där mjuka och lugna till sig själv. Skapa ett slags skinn som inte kan fästas vid något, men vilket man ändå kan bära med sig likt en ogenomtränglig sköld. För att skydda sig själv, och sina systrar. För att skydda Oy.

Och för att skydda Noy.

TORSDAG DEN 23 DECEMBER

Det är första gången på över två månader som jag plockar upp dagboken, trots att den legat fullt synlig bara en meter ifrån kudden på sängen. En svart anteckningsbok med över hundra fullklottrade sidor. Jag har sträckläst dessa hundra sidor och blivit sjuk på kuppen.

Känner för att kräkas. Skriver: känner för att kräkas. Tittar på meningen och förundras över att det tog mig närmare tio minuter att skriva: *känner för att kräkas.* Som om pennan gör motstånd mot min hand. Som om den inte längre vill sitta där. Som om den känner att den hör hemma i en annan hand och på en annan sorts varelse.

Jag har velat skriva tidigare, men det har helt enkelt inte varit möjligt. Varje natt har jag sträckt mig mot anteckningsboken men stoppats av vad jag gjort ett par timmar tidigare. Å andra sidan är jag inte längre säker på att jag vill fortsätta att skriva, för när man sätter en penna mot ett papper händer det konstiga saker i ens bröst. Känslor man inte ens vetat om träder fram. Starka sinnesrörelser som ställer sig i vägen för allt det andra man måste göra och som både blockerar och framhäver männen jag börjat leva genom.

Idag lyckades min hand nå hela vägen fram, men enbart för att jag återigen sett Noi sitta och skriva i sin egen fina dagbok med hårda pärmar. Lika fokuserad som alltid. Jag förstår inte hur det går till. Hennes namn finns i och för sig inte på menyn som ställs fram till kunderna och därmed borde kladdet på hennes insida vara något mindre stinkande. Men vad är det då som hon så koncentrerat fyller sidorna med? Och vad är det jag själv vill skriva om nu när jag äntligen fångat tag i min gamla dagbok?

Ska jag berätta om när det var min tur att ta hem John; ska jag berätta om hans rynkiga hand över min handlov; ska jag berätta om de där tårarna som rinner längs hans kinder tre timmar efter att han har beställt sin första öl; ska jag berätta om att denna rynkiga hand inte alls håller sig på behörigt avstånd i sängen; ska jag berätta om att ingen har sagt till mig vad John egentligen tycker om att göra; ska jag berätta om att allt är relativt och att det John egentligen tycker om att göra inte är särskilt stort, farligt eller ens uppseendeväckande; ska jag berätta om att pengarna John stoppar i ens handväska för att få göra det där som han egentligen tycker om att göra suddar ut alla tvivel; ska jag berätta om att man måste skratta åt det John egentligen tycker om att göra så att man kan göra det igen och igen och igen; ska jag berätta om att man måste skratta högt och länge åt det John egentligen tycker om att göra så att man med gott samvete kan skicka vidare honom till någon annan; ska jag berätta om att det John egentligen tycker om att göra är fullkomligt betydelselöst och kan rinna likt sand mellan fingrarna för att försvinna tillsammans med allt annat som inte betyder något.

Jag hyser den högsta formen av respekt för skrivakten och är fullt medveten om att denna penna kan färdas långt och ta sig djupt. Den förmår tränga in i skrymslen och vrår man inte ens vetat om existerat och när den för fram allt detta undangömda och murkna måste man trots allt titta på det och ta ett beslut. Men jag vill inte ta några beslut. Jag vill inte tänka överhuvudtaget utan bara göra. Min vardag behöver vara begränsad till vad jag ser och hör, till vad Pom säger och Pat skrattar åt, till våra råa skämt, till ölen som hälls upp, till att det finns en lucka i varje kväll där allt faktiskt är ganska kul och trevligt.

Det existerar ett hål i skyn där man under ett par fylletimmar kan sväva fritt framför solen utan att få sina vingar brända. Däruppifrån ser man dessutom så liten ut på jorden att det inte finns något att oroa sig för. Särskilt inte över en ung engelsklärare som var tredje dag dyker upp för att leka sina kostsamma små lekar på allt finare hotell. Och däruppe i skyn, i luckan som öppnar sig efter att ha druckit ett perfekt antal öl i mitten av allt detta som på avstånd ser så väldigt normalt ut – ett par män och kvinnor som skålar, skrattar, skojar, lyssnar på musik, tjafsar högljutt och spelar biljard – är det gott att leva.

Under de följande sju eller åtta timmarna blundar man däremot med hela kroppen och tänker på något annat. Eller helt enkelt stoppar alla tankar genom mer alkohol, fler skådespel, högre röster och en grundare och mer glasartad blick. Genom att faktiskt bli den som efterfrågas. Och då man lämnar denna person som åtråtts – låter den ligga kvar i sängen man rest sig från likt det trasiga minnet av en omöjlig människa – gäller det att stänga samtliga öppningar så fort det bara går och kapsla in det fortfarande mjuka och sårbara bakom skelettlika murar.

Man får aldrig syna vad man gjort med en mänsklig blick.

Och genom mina dockögon tittar jag nu på gårkvällens våta möte, som denna gång bestod av två norrmän på jakt efter ett kvinnligt sällskap som uppfyllde villkoret att de själva valde att umgås med dessa turister. Två män som ville leka leken att allt är frivilligt och därför tillåtet. Två män som hittat just vår bar eftersom den lever och verkar i gråzonen. En bar där kvinnor faktiskt kan säga *nej*, även om de aldrig gör det. En bar där kvinnor arbetar som väldigt pratglada, framfusiga och flörtiga *servitriser*, trots att man vet vad som oundvikligen kommer att följa så snart man fullföljt sin nedlåtande beställning. För det gäller att aldrig låta yrkesrollen förändras. Kvinnan måste fortgå att vara servitris. Det är bara det att hon även, av egen och alldeles underbar fri vilja, väljer att vara något annat under en kort stund.

Anledningen är ingen annan än att hon har stött på två högst förträffliga kunder. Kunder som inte är som alla andra kunder, utan kunder som är ovanligt trevliga kunder, och som därför inte behöver bli förvånade över att denna servitris plötsligt börjar bete sig som en helt annan sorts person. Och när norrmännen – eftersom det nu var två norrmän som dök upp igår – frågar om man vill följa med till deras hotell lyckas de ställa frågan på just det rätta sättet, med korrekt intonation och allt, likt ett äkta förspel mellan jämlika individer som enbart motiveras av mjuka känslor och varsamma drömmar. Och då de går hem med dessa genuint intresserade kvinnor behandlar de dem som tänkbara flickvänner och de tänkbara flickvännerna återgäldar tjänsten genom att bete sig som den sortens kvinnor som vill bli *riktiga* flickvänner, trots att de alla minns femhundralapparna som lades på bardisken för att låta dem få avsluta sina arbetspass tidigt.

En övertydlig lek som suddar ut gränserna och gör mötet mer berättarvänligt. En riskfri och upphetsande anekdot. Ett minne som man återvänder till så många gånger att man plötsligt finner sig på ett flygplan för att leta upp denna drömkvinna som var så väldigt, väldigt, väldigt underbar under ett par korta dagar och nätter. Denna tillfälliga flickvän som man gav pengar för att man var generös och ville hjälpa och inte för att kvinnan krävde dem. För vi kräver aldrig våra pengar. Inte förrän vi ser att det finns en risk att mannen glömmer att öppna sin plånbok gör vi det. För om vi kräver vår betalning suddas gråzonen ut och blir något annat som man inte kan vistas lika lätt i om man är en sådan där *Helt Normal Man* med en *Helt Normal Kvinna.*

Att kräva sina pengar får scenen att kantra, vilket måste förhindras. För om denna scen kollapsar under sin egen omöjliga tyngd måste jag, Pat, Pom, Nat, Boo, Noi och alla de andra börja kalla oss för något annat än servitriser. Och det vill vi inte. Det skulle jag inte klara av att göra. Jag är i ett lika stort behov som dessa norrmän av att se vår pjäs bli uppförd på ett solitt fundament av orubblig betong. Och på denna stadiga estrad springer det nu en engelsklärare fram och tillbaka. En välklädd, ung man som börjat närma sig mig på ett sätt som är ett motsägelsefullt konststycke. Jag fattar inte hur han lyckas blunda för de fullständigt oförenliga kraven han ställer. Det är som om något inte kopplar rätt i hans hjärna, som om något skulle saknas, som om en vital och alldeles nödvändig mänsklig bit aldrig sattes in under bygget av hans person.

Leken i sängen blir allt vildare och mer förnedrande, men på samma gång blir hans beteende utanför denna säng alltmer kärleksfullt och inbjudande. Som om han faktiskt vill vara min pojkvän men samtidigt leva med en smutsig hora.

...

...

Det är konstigt att så mycket oplanerat kommer ut när jag fattar tag om pennan och lägger den mot detta svarta anteckningsblock. Allt jag oroade mig för skulle hända är på väg att hända och jag behöver stoppa det – själva skrivandet – men klarar inte av att agera.

Min hand är som fastklistrad vid denna penna och nu vill den nedteckna allt jag gjort under de senaste månaderna. Den vill dessutom föra fram allt det jag vägrat att se, erkänna eller ens minnas. Denna penna vill gräva och förtydliga. Den vill skriva ned hur det känns när en hård hand greppar tag om ens arm och en vass röst väser i ens öra att man är all världens fulhet; denna penna vill skriva ned hur det känns när kroppen spänns i rädsla eftersom starka händer har fått baken att vändas uppåt; denna penna vill skriva ned hur det känns när man måste slingra sig likt en menlös mask för att inte fel hål ska attackeras; denna penna vill skriva ned hur det känns att veta att inget är över förrän det är över; denna penna vill skriva ned hur det känns då de egna händerna söker sig fram över den egna kroppen, då de egna händerna försöker dölja de främmande händernas grepp, då de egna händerna försöker avlägsna det yttersta skiktet av skinnet, då de egna händer försöker befria sig från allt det som sitter fast i dem; denna penna vill skriva ned hur det känns att stirra i taket hela nätter; denna penna vill skriva ned hur det känns när man kapitulerar genom att avkorta dessa oändligt långa nätter med en flaska mot munnen; denna penna vill skriva ned allt det som föds fram av pengarna som trycks i ens händer; denna penna vill skriva ned allt det man kommit att knyta samman med dessa pengar; denna penna vill skriva ned hur dessa underbara sedlar och mynt låter en bre ut sina vingar för att flyga högt i skyn, över alla andra, och inte minst över den förbannade luckan som lurar en att upprepa valen som gör att man enbart kan finna tröst i nederlag.

Ett förnedrande kretslopp utan början eller slut.

Ja, denna penna vill föra fram allt det som ligger gömt på insidan och i blodet, alla dessa känslor och händelser som likt ett radband sträcker sig årtionden bakåt i tiden. Jag sitter här med min dagbok och orden fullkomligen sprutar ur mig. Ett kaosartat vattenfall av ord. En orkan av ord. En eruption av ord. En tsunami av ord.

Bakom mitt pladder finns det så mycket mer som kräver att få visa sitt sanna ansikte: anletsdragen under den stela dockmasken. Därtill allt det som härbärgerar under ansiktet dockan döljer. Det vill säga någon annan än Soy, Supichaya eller ens salamandern som gömmer sig i storstadens sprickor. Under alla dessa namn väntar flickan som aldrig lämnade landsbygden. Hon som fortfarande sitter fast i ett fallfärdigt skjul där precis allt, oavsett vad, är bättre än att känna svetten, hettan, paniken och allt det öppna och vidsträckta i risfälten sluta sig om en likt väggarna i en grav.

Och här stoppar jag mig själv, för det blir för mycket och för jobbigt

...

...

...

Och nu sätter jag pennan mot pappret igen, fast inte på samma sätt som tidigare.

Det går inte, för vad som ligger i min handväska är faktiskt viktigare än vad som hägrar i slutet av denna dagbok. Folk förstår nämligen inte hur det känns för någon från den absoluta botten att sätta på sig ett par sandaler med ett band av snäckskal, hur det känns att sticka ned benen i ett par välsittande, mörkblå jeans, hur det känns att öppna garderoben och kunna välja mellan tio olika blusar, hur det känns att sitta på bussen och plocka upp en mobiltelefon för att titta på ett roligt klipp någon skickat, hur det känns att kunna äta vad man för stunden är sugen på, hur det känns att kunna välja *det här* istället för att bli påtvingad *det där*.

Och just därför tänker jag närsomhelst lägga ned denna penna för gott. Inte bara det, jag tänker även slänga min dagbok. Nej, jag kommer att elda upp den. Denna dagboks alla sidor ska brinna som kroppen på en dödsvaka. Jag kan inte författa denna historia. Den är min, men ej i ord, och därför måste någon annan nedteckna mina valda misstag. Det sista jag tänker skriva handlar därmed inte längre om Soy eller Supichaya utan om den jag kan vara om jag bara blir lite mer selektiv i valet av mina minnesbilder. Jag tänker faktiskt återvända till porträtten av min engelsklärare, fast enbart de som är tagna under rätt motljus, och dessa bilder ämnar jag måla vidare på. Och det är inte bara motiven av engelskläraren som jag tänker retuschera utan även porträttet av John. För John ger mycket pengar och det han gillar att göra är så väldigt, väldigt, väldigt enkelt om man bara lyckas granska det från rätt synvinkel.

Nu tänker jag dessutom återvända till gårdagens två norrmän på samma sätt som jag tittat på John och engelskläraren. Det vill säga med ett filter över ögonen. En förskönande palett som städar undan alla tvivel och låter samtliga deltagare njuta av de extravaganta måltiderna som dukas fram. Jag ser hur de sitter där vid sitt bord, ganska stilla, som två helt vanliga män. Men en av dem ropar plötsligt till Noi: "Det är lite ensamt här."

Och Noi svarar: "Är ni inte vana vid det då?"

"Vad menar du?" säger norrmannen undrande.

"Jag trodde att ni européer alltid var ensamma?"

De båda norrmännen tittar på henne en lång stund. "Jag fattar faktiskt inte vad du snackar om?"

"Vädret", replikerar Noi.

"Vädret?"

Jag och Pat pausar våra göromål, vilket egentligen inte är några riktiga göromål, och tittar nervöst mot Noi, förvånade över att det verkar som om hon söker bråk. Men Noi är fullkomligt lugn och fortsätter tonlöst: "Ja, sitter ni inte inomhus sex månader om året för att det är så kallt?"

"Jaha, du menar så."

"Bland annat."

"Vadå, bland annat?"

”Vad var det du sa egentligen?”

”När då?”

”Om ensamheten”, säger Noi en med konstig ton jag inte hört tidigare.

”Jag har väl inte sagt något om ensamheten?”

”Nej, just det.”

Därefter tittar vi alla på varandra, förvirrade, och Noi ler brett, plockar ut två flaskor öl, ställer dem på norrmännens bord och kvittrar falskt: ”De här bjuder vi på.” Och så plötsligt, utan att jag vet hur det gick till, sitter även jag och Pat vid deras bord med två egna flaskor öl.

De förbryllade norrmännen flyttar sakta sin fokus från Noi, som försvunnit till stereon för att byta musik, till mig och Pat och mäter oss med blickarna. Sedan utbyter de ett par våta leenden med varandra för att bekräfta valen de gjort. Min är lite yngre, runt de trettio, och Pats något äldre, strax över de fyrtio. Två underbara män som är underbara eftersom de finner mig och Pat underbara. Och vi har så kul tillsammans medan ölen radas upp på bordet. Vi skojar och skämtar och skrattar och spelar biljard och nyper varandra och kittlar varandra och plöjer fram genom natten precis som det är meningen att man ska plöja fram genom en natt i Bangkok.

Baren lämnas bakom och vi går till en annan bar, och sedan ännu en bar, och därefter ytterligare en bar, och på alla dessa barer är våra armar stadigt fastkrokade i varandra. Eftersom våra tillfälliga pojkvänner inte är alltför tjocka, fula, fulla, högljudda, gamla eller dåligt klädda mottar vi nickar, gratulationer och varma skämt från alla de övertrevliga, övervänliga och översvallande servitriserna vi möter. Och på varje bar tar jag ett par stora klunkar ur en flaska eller ett glas och för varje drink blir min norrmans ansikte lite mer slätt och intetsägande, lite mer plastiskt, lite mer öppet för penslarna jag för mot det, för färgerna jag vill stryka ut, för motivet jag behöver måla för att kunna ta mig igenom denna rumlande natts avslutande sängövningar.

Jag skapar min egen fortsättning och täcker sakta men säkert över mitt namn. Det finns ingen där till slut. Ingen som man kan tilltala eller behöver fråga om lov i alla fall. Allt är borta. Bara denna unga och vackra kropp som leende flyter med och vars redan suddiga linjer löser upp sig ju längre klockan tickar och ju mörkare himlen blir.

www.ingramcontent.com/pod-product-compliance
Lightning Source LLC
Chambersburg PA
CBHW050529190726
48284CB00003B/999